आंचलिक संवाददाता

पत्रकारिता एवं जनसंचार ग्रन्थमाला-4

आंचलिक संवाददाता

सुरेश पंडित
मधुकर खेर

सम्पादक
रामशरण जोशी

राधाकृष्ण
नयी दिल्ली इलाहाबाद पटना

ISBN : 81-7119-840-6

आंचलिक संवाददाता

पहला संस्करण : 1991
परिवर्तित एवं परिवर्द्धित संस्करण : 2003
पहली आवृत्ति : 2006

मूल्य : 150 रुपए

प्रकाशक
राधाकृष्ण प्रकाशन प्राइवेट लिमिटेड
7/31, अंसारी मार्ग, दरियागंज, नई दिल्ली-110 002

शाखाएँ : अशोक राजपथ, साइंस कॉलेज के सामने, पटना-800 006
पहली मंजिल, दरबारी बिल्डिंग, महात्मा गांधी मार्ग, इलाहाबाद-211 001

वेबसाइट : www.radhakrishnaprakashan.com
ई-मेल : info@radhakrishnaprakashan.com

मुद्रक
बी.के. ऑफसेट
नवीन शाहदरा, दिल्ली-110 032

ANCHALIK SAMWADDATA
by Suresh Pandit & Madhukar Kher
Edited by Ram Sharan Joshi

दो शब्द

यह बड़े आश्चर्य की बात है कि लोकतान्त्रिक विकेन्द्रीकरण के माहौल के बावजूद संचार के विकेन्द्रीकरण का मुद्दा अभी विमर्श का विषय नहीं बन सका है। शायद विमर्श के मुद्दों की पहचान करने और उन्हें आगे बढ़ाने वालों के हित के विपरीत यह विचार और व्यवस्था होगी। मैं मानता हूँ कि इसके बिना लोकतान्त्रिक विकेन्द्रीकरण की व्यवस्था की सफलता आंशिक ही रहेगी। जब ज्ञान और सूचना को शक्ति माना जाता है तो भला केन्द्रीकृत सूचना व्यवस्था से विकेन्द्रीकृत शासन व्यवस्था की कल्पना कैसे की जा सकती है ! शासन के, जनता के करीब के, शासकीय पायदानों अर्थात् पंचायतों, नगर पंचायतों, नगर निकायों और गाँवों तथा कस्बों के समाचार की महत्ता अखबारों में बढ़ने पर ही विकेन्द्रित सत्ता का सही आभास हो पाएगा।

इस परिप्रेक्ष्य में आंचलिक संवाददाता की मदद के लिए तैयार की गई यह पुस्तक बहुत प्रासंगिक है। राजधानी और बड़े शहरों की चमक-दमक

भरे समाचारों को अपना सही स्थान दिखा देने की जरूरत है। यह तभी सम्भव है जब कुशल आंचलिक संवाददाता ग्रामीण समाज और नवीन विकेन्द्रीकृत व्यवस्था पर केन्द्रित अच्छे समाचार प्रकाशन के लिए भेज सकें जिनमें लोगों के दिल की धड़कन सुनाई पड़े। इसके सामने राज्य और केन्द्र की सत्ता तथा शहर की चमकीली छवि भी फीकी पड़ जाएगी। यह सूचना-परिदृश्य में एक बुनियादी क्रांति का संकेत होगा। इस क्रांति के संवाहक आंचलिक संवाददाता अपनी आंचलिक स्थिति के कारण नए विचारों एवं अपनी क्षमता और कला के उन्नयन के अवसरों से वंचित रहते हैं। ऐसी स्थिति में पुस्तकों के माध्यम से उनके विकास के लिए अवसर उपलब्ध कराना एक अहम जरूरत है।

इस परिप्रेक्ष्य में यह पुस्तक इस विश्वास के साथ प्रकाशित की जा रही है कि कुशल आंचलिक संवाददाता तैयार करने, बनाए रखने और उनके निरंतर विकास में यह महत्त्वपूर्ण भूमिका अदा कर सकेगी।

जून, 2003

–शरद चन्द्र बेहार

प्राक्कथन (प्रथम संस्करण)

यह पुस्तक क्यों ?

आजादी मिलने के बाद हिन्दी भाषा और साहित्य बहुत समृद्ध हुआ है और उसमें अभिव्यक्ति की क्षमता व अभिव्यक्ति का दायरा बढ़ा है। लेखन में विविधता भी आई है तथा विज्ञान अथवा दर्शन से सम्बन्धित अनेक विषयों पर हिन्दी में बहुत कुछ लिखा जाने लगा है, लेकिन कड़वी सच्चाई यह है कि आज भी कई विषयों के अध्ययन के लिए अधिकतर अंग्रेजी भाषा में लिखी गई पुस्तकों का सहारा लेना पड़ता है। पत्रकारिता एवं जनसंचार जैसे विषयों पर भी हिन्दी में पाठ्य एवं सन्दर्भ पुस्तकें बहुत कम हैं। जो हैं, उनमें से जिन्हें पूर्ण कहा जा सके, ऐसी पुस्तकें नगण्य हैं। इसीलिए माखनलाल चतुर्वेदी राष्ट्रीय पत्रकारिता विश्वविद्यालय ने अपने उद्देश्यों

एवं कार्यक्रमों में इस बात को महत्त्व दिया है कि वह हिन्दी एवं अन्य भारतीय भाषाओं में पत्रकारिता, जनसंचार तथा विज्ञापन सम्बन्धी पाठ्य-पुस्तकें एवं सन्दर्भ-ग्रन्थ तैयार कराएगा। कोशिश तो यही है कि हिन्दी में मौलिक ग्रन्थ लिखे जाएँ, लेकिन अधिकृत माने जानेवाले कुछ ग्रन्थों का अंग्रेजी या दूसरी भाषाओं से हिन्दी में रूपान्तर भी कराया जाएगा ताकि उच्च स्तर पर अध्ययन के लिए हिन्दी में पर्याप्त सामग्री उपलब्ध हो सके। इससे शोध के कार्य को बढ़ावा मिलेगा तथा भाषा की कठिनाई के कारण उच्च अध्ययन की कठिनाई भी दूर हो सकेगी। मौलिक लेखन को प्रोत्साहित करने के लिए यह जरूरी है।

इस उद्देश्य की पूर्ति के लिए हमारा कार्य शुरू हो चुका है। फिलहाल तीन कार्यक्रम हाथ में लिए गए हैं—(1) पाठ्य-पुस्तकों का प्रकाशन, (2) सन्दर्भ-ग्रन्थों का प्रकाशन और (3) देश में जनजागृति, समाज सुधार एवं राष्ट्रीय उत्थान के क्षेत्र में उल्लेखनीय योगदान देनेवाले अखबारों और लेखनी के धनी पत्रकारों पर पुस्तकों का प्रकाशन। इसमें सभी भारतीय भाषाओं के ख्यातनामा पत्रों एवं पत्रकारों पर लिखा जाएगा। तीनों ही प्रकार की पुस्तकों के लेखन में हमने तत्परता से पहल की है और यह पुस्तक पाठकों के हाथ में सौंपते हुए हमें अत्यधिक हर्ष हो रहा है। विद्यार्थी को इससे विशेष लाभ होगा। नए विषयों की पुस्तकें तैयार होते ही प्रकाशित होंगी। साधन सुलभ होते ही इन पुस्तकों का रूपान्तर दूसरी भारतीय भाषाओं में शुरू किया जाएगा। इसी क्रम में अन्य भारतीय भाषाओं की इन विषयों की महत्त्वपूर्ण पुस्तकों का हिन्दी में रूपान्तर कराया जाएगा। इससे भारतीय भाषाओं में परस्पर आदान-प्रदान से आपसी तालमेल स्थापित होगा तथा वे अधिक समृद्ध एवं सक्षम बनेंगी।

अपनी स्थापना के पहले ही वर्ष में इस विश्वविद्यालय ने इस महत्वाकांक्षी योजना को हाथ में लिया है, जिससे देश के अन्य हिस्सों के विद्यार्थी भी लाभान्वित होंगे। पत्रकारिता के व्यवसाय में लगे मित्र खासकर नए पत्रकार भी इससे लाभ उठा सकेंगे। हमारी योजना फेलोशिप देकर कुछ उपयोगी एवं आवश्यक विषयों पर बड़े ग्रन्थ तैयार कराने की भी है। इस

प्रकार पत्रकारिता एवं जनसंचार की विधाओं में कुशलता बढ़ाने में तथा उन्हें ज्यादा ऊँचाई पर पहुँचाने में मदद मिलेगी।

इस पुस्तक को तैयार करने में लेखक के अलावा इस विश्वविद्यालय के मेरे सभी सहयोगियों ने बहुत कम समय में सारे कार्य को अंजाम दिया है। वे सभी बधाई के पात्र हैं। प्रकाशक मित्रों ने जिस उत्साह से कम समय में छपाई का काम किया, वह प्रशंसनीय है।

भोपाल

1991

–राधेश्याम शर्मा

महानिदेशक

विषय सूची

सम्पादकीय

आंचलिक पत्रकार : लोकतन्त्र के 'अनाम प्रहरी'

बहुआयामी और उपभोक्तावादी मीडिया युग में आंचलिक पत्रकारिता हाशिए पर सिमटी प्रतीत होती है। एक वक्त था जब आंचलिक पत्रकारिता और पत्रकार को भारतीय पत्रकारिता के आधार-स्तम्भों में से एक माना जाता था। आंचलिक पत्रकारिता से मुख्य धारा की पत्रकारिता ऊर्जा प्राप्त किया करती थी। स्वतन्त्रता आन्दोलन में इस ऊर्जा ने महत्त्वपूर्ण भूमिका निभाई थी। आंचलिक पत्रकार ही थे जिन्होंने स्वतन्त्रता संग्राम को व्यापकता प्रदान की और राष्ट्रीय तथा ग्रामीण स्तरीय स्वतन्त्रता संघर्षों के बीच सेतु बने। इस दृष्टि से माधवराव सप्रे, बाबूराव विष्णु पराड़कर, श्रीकृष्णदत्त पालीवाल, गणेश शंकर विद्यार्थी, बालकृष्ण शर्मा नवीन,

श्रीकान्त ठाकुर विद्यालंकार, माखनलाल चतुर्वेदी जैसे पत्रकारों के नाम उल्लेखनीय हैं। इन पत्रकारों ने स्वतन्त्रता सेनानी और प्रतिबद्ध पत्रकार, दोनों की भूमिकाएँ एक साथ निभाई थीं।

स्वतन्त्रता प्राप्ति के पश्चात भी आंचलिक पत्रकार का महत्त्व कम नहीं हुआ बल्कि उसने नए उत्साह व उल्लास के साथ नई चुनौतियों का सामना किया। जवाहरलाल नेहरू के युग में शुरू हुई स्वतन्त्र भारत की यात्रा में आंचलिक पत्र-पत्रिकाओं और पत्रकारों ने निःसन्देह उल्लेखनीय भूमिका निभाई। यद्यपि पत्रकारिता का मिशनरी युग समाप्त हो चला था, लेकिन एक नए राष्ट्र के निर्माण की आदर्शवादी भूमिका आंचलिक पत्रकारिता को जरूर आकृष्ट कर रही थी। विकास और निर्माण के दौर में आंचलिक पत्रकारों के योगदान की उपेक्षा नहीं की जा सकती क्योंकि ग्रामीण अंचलों में लोकतन्त्र का अलख जगाए बगैर नए भारत का निर्माण असम्भव था। पाँचवें और छठे दशक की आंचलिक पत्रकारिता में जागीरदारी व जमींदारी प्रथा का उन्मूलन, भूमि-सुधार, अस्पृश्यता विरोधी आन्दोलन, सर्वोदय आन्दोलन, भूदान व ग्रामदान आन्दोलन, सहकारिता और सामुदायिक विकास योजनाएँ, ग्रामीण विकास, बाँध निर्माण, उन्नत कृषि, चुनाव प्रक्रिया में गाँवों की भागीदारी, पंचायती राज जैसे मुद्दे प्रमुखता से छाए रहे। हिन्दी प्रदेशों के प्रमुख क्षेत्रीय व आंचलिक अखबारों (आज, आर्यावर्त, प्रदीप, अमर उजाला, नई दुनिया, देशबन्धु, नवभारत, राष्ट्रदूत, लोकवाणी, राजस्थान पत्रिका, जागरण, भास्कर आदि) के कारण विकास गति में तेजी आई। केन्द्र और राज्य के सत्ता प्रतिष्ठानों ने क्षेत्रीय व आंचलिक समस्याओं के समाधान के प्रति गम्भीरता दिखाई। यह कहना अतिशयोक्तिपूर्ण नहीं होगा कि 1952 के प्रथम आम चुनावों से लेकर आज तक की चुनाव प्रक्रिया को जीवन्त बनाए रखने में क्षेत्रीय व आंचलिक पत्रकारों ने एक सीमा तक निर्णायक भूमिका अदा की है। यदि आंचलिक पत्रकारिता जागरूक एवं गतिशील नहीं रहती तो भारतीय लोकतन्त्र के समक्ष अस्तित्व-संकट पैदा हो सकता था। एक तरह से आंचलिक पत्रकार लोकतन्त्र के 'अनाम प्रहरी' हैं जो उसकी रक्षा में

अहर्निश तैनात रहते हैं।

निःसन्देह आज राष्ट्रीय पत्रकारिता की अवधारणा के समक्ष प्रश्नचिह्न लग चुका है क्योंकि यह निर्विवाद है कि देश की राष्ट्रीय राजधानी दिल्ली से प्रकाशित पत्र-पत्रिकाओं का प्रभाव महानगरों, उपमहानगरों और प्रदेश की राजधानियों तक ही सीमित रहता है। मुख्यधारा की पत्रकारिता से देश के सुदूर अंचल अप्रभावित रहते हैं। पिछले एक दशक में तथाकथित राष्ट्रीय प्रेस की सीमाएँ पहले से अधिक उजागर हुई हैं क्योंकि क्षेत्रीय और आंचलिक समस्याओं को उठाने में स्थानीय पत्रकारों ने ही अभूतपूर्व सक्रियता का परिचय दिया है। क्षेत्रीय और आंचलिक पत्रकारिता की बदौलत ही चिपको आन्दोलन, नर्मदा बचाओ आन्दोलन, जल बचाव आन्दोलन, सूचना का आधिकार दिलाओ आन्दोलन, भंवरीबाई आन्दोलन आदि की राष्ट्रीय स्तर पर गूँज हुई। आंचलिक पत्रकारों ने इस आन्दोलनों के मर्म को समझा और अनुभव-पीड़ा एवं संवेदनशीलता के साथ इन्हें राष्ट्रीय परिप्रेक्ष्य में रखने का प्रयास किया।

भूमंडलीकरण और विखंडीकरण

निःसन्देह विश्व के भूमंडलीकृत परिवेश में उपभोक्तावादी पत्रकारिता का विस्फोट हुआ है। इलेक्ट्रॉनिक मीडिया ने नई किस्म की चुनौतियों को जन्म दिया है। इंटरनेट पत्रकारिता ने भी मीडिया में एक नया आयाम जोड़ा है। मुद्रण एवं प्रसारण प्रौद्योगिकी में अभूतपूर्व परिवर्तन के कारण क्षेत्रीय आंचलिक पत्रकारिता के समक्ष नए संकट भी खड़े हुए हैं। आज मीडिया के प्रत्येक आयाम व अवयव को 'उत्पाद' में रूपान्तरित करने की चेष्टाएँ की जा रही हैं। अब मीडिया की 'सामाजिक उद्‌देश्यपरकता' के स्थान पर उसकी 'बाजार विक्रयता' को तरजीह दी जा रही है। उन्हीं खबरों को कवरेज योग्य समझा जाता है जिनका बाज़ार-महत्त्व होता है। यही वजह है कि इलेक्ट्रॉनिक चैनलों और तथाकथित मुख्यधारा के समाचार पत्रों में सनसनीखेज खबरों की भरमार रहती है और लोकोन्मुखी आंचलिक घटनाओं को हाशिए पर फेंक दिया जाता है। लोकोन्मुखी क्षेत्रीय व

आंचलिक पत्रकारिता के सीमान्तीकरण का खतरा पैदा हो गया है। इस पृष्ठभूमि में क्षेत्रीय और आंचलिक पत्रकारों की भूमिका पहले से अधिक चुनौतीपूर्ण हो गई है। इसकी वजह यह है कि जहाँ मीडिया प्रौद्योगिकी ने बहुआयामी पत्रकारिता को अभूतपूर्व गति व शक्ति से लैस किया है वहीं मीडिया का 'विखंडित व्यक्तित्व' भी सामने आया है। मीडिया में अंचल की समग्रता को खंड-खंड करके दर्शाया जाता है। उदाहरण के लिए, जिले का पाठक अपने पड़ोसी जिले की घटनाओं से प्रायः अपरिचित रहता है। जब से समाचारपत्रों के जिला और तहसील या उपसंभागीय स्तर के संस्करणों के प्रकाशन का सिलसिला शुरू हुआ है तब से घटना के विखंडन की प्रक्रिया की भी शुरुआत हुई है। घटनाओं को उनकी धुर स्थानीयता के परिप्रेक्ष्य में देखा जाता है और उनकी सार्विकता की अनदेखी कर दी जाती है। इसका दुष्परिणाम यह निकलता है कि दो अंचलों के बीच संवाद-शून्यता उभरने लगती है। दोनों अंचलों के लोग अपने सुख-दुख से परस्पर अपरिचित रहते हैं। जबकि यथार्थ यह है कि दोनों ही अंचल का जनजीवन समान आर्थिक-राजनीतिक व्यवस्था से नियन्त्रित होता है। तर्क दिया जा सकता है कि स्थानीय संस्करणों के अस्तित्व में आने से आंचलिक घटनाओं या स्थानीय घटनाओं की सघनता को मान्यता मिली है। स्थानीय मीडिया में स्थानीय घटनाओं को पहले से अपेक्षाकृत अधिक स्थान दिया जाने लगा है। लेकिन यह एक एकांगी दृष्टिकोण है। यदि किसी एक अंचल की 'इकोलॉजी' में परिवर्तन होता है तो पड़ोसी अंचल पर उसका प्रभाव नहीं पड़ेगा, यह कैसे सम्भव है ? चिपको और टिहरी आन्दोलनों ने गढ़वाल एवं कुमाऊँ अंचलों को समान रूप से प्रभावित किया। इसी तरह नर्मदा बचाओ आन्दोलन के प्रभावों ने विभिन्न राज्यों के अंचलों की सीमाओं को तोड़ा है। राजस्थान के एक छोटे से अंचल में शुरू होनेवाला 'सूचना का अधिकार आन्दोलन' ने सम्पूर्ण राष्ट्र को प्रभावित किया है। अतः घटनाओं का स्थानीयकरण या विखंडीकरण लोकतन्त्र के लिए घातक सिद्ध हो सकता है।

भूमंडलीकरण के दौर में क्षेत्रीय पत्रकार का उत्तरदायित्व बहुआयामी

और काफी जटिल हो चुका है। आज आंचलिक पत्रकारिता पहले की तरह सरल, सहज और सपाट नहीं रह गई है। यह काफी जटिल बन चुकी है क्योंकि सुदूर देशों में स्थित बहुराष्ट्रीय आर्थिक, सामरिक और राजनीतिक सत्ता केन्द्रों द्वारा लिए जा रहे निर्णयों से भारत के अंचल प्रत्यक्ष व परोक्ष रूप से प्रभावित होते हैं। भूमंडलीकरण, उदारीकरण और निजीकरण की प्रक्रियाओं ने ग्रामीण अंचलों को पहले से ज्यादा 'नमनीय' बना दिया है। यह नमनीयता ग्रामीण अंचलों में कई गम्भीर विकृतियों को जन्म दे सकती है। इससे अंचल के सामाजिक, आर्थिक और राजनीतिक व्यक्तित्व में कई प्रकार की विद्रूपताएँ पैदा हो सकती हैं। ग्रामीण अंचलों में घातक घटनाओं के ज्वालामुखी फूट सकते हैं। इसलिए आंचलिक मीडियाकर्मी से काफी गम्भीरता व जागरुकता की अपेक्षा की जाती है।

नई चुनौतियाँ और नई दृष्टि

प्रायः देखने में आया है कि आंचलिक पत्रकारों की कार्यशैली पुरानी व अप्रासंगिक किस्म की रहती है। वे पत्रकारिता की आधुनिक दृष्टि से अपरिचित दिखाई देते हैं। वे नई चुनौतियों और नए मुद्‌दों को सही परिप्रेक्ष्य में समझ नहीं पाते हैं और न ही उन्हें रख पाते हैं। यद्यपि क्षेत्रीय व आंचलिक पत्रकार पर्याप्त उत्साह व उर्जा से सम्पन्न होते हैं लेकिन आधुनिक दृष्टि एवं व्यावसायिक दक्षता के अभाव में वे अपेक्षित रूप से प्रभावशाली सिद्ध नहीं हो पाते हैं। इसलिए यह जरूरी है कि क्षेत्रीय पत्रकारों को पत्रकारिता की आधुनिक चेतना से लैस किया जाए। यह तभी सम्भव है जब कि आंचलिक पत्रकारों (सम्पादक से लेकर संवाददाता) को विधिवत प्रशिक्षण दिया जाए। इस उद्‌देश्य को ध्यान में रखकर आंचलिक या जिलास्तरीय पत्रकारों के लिए विशेष पाठ्यक्रम चलाए जाने चाहिए। प्रशिक्षण शिविरों का आयोजन किया जाना चाहिए। विशेषीकृत पाठ्यक्रमों के माध्यम से आंचलिक पत्रकारों में नए मुद्‌दों को समझने और नई चुनौतियों का सामना करने की वैचारिक जागरुकता और व्यावसायिक दक्षता पैदा की जा सकती है। अनुभव यह भी है कि आंचलिक पत्रकारों

में सामाजिक न्याय, मानवाधिकार, सूचना का अधिकार, भूमंडलीकरण नानारूपी विषमताओं के कारण आदि के सम्बन्ध में पर्याप्त जागरूकता एवं जानकारी का चिन्ताजनक अभाव है। नतीजतन पत्र-पत्रिकाओं में इन मुद्दों पर पर्याप्त फोकस का अभाव निरन्तर खटकता रहता है। इसके अलावा अंचल के विकास से जुड़े मुद्दे—भूमि सुधार, स्वच्छ पेयजल, आवास समस्या, वन कटाई, रोजगार, बिजली, सड़क, संचार, शिक्षा, न्यूनतम मजदूरी, स्वास्थ्य जैसे विषयों से सम्बन्धित खबरों के साथ भी अपेक्षित न्याय नहीं हो पाता है। इनके दोषपूर्ण प्रस्तुतीकरण का मुख्य कारण है पत्रकार में पर्याप्त समझदारी, संवेदनशीलता, दृष्टि और व्यावसायिक दक्षता की कमी का होना। चूँकि तहसील स्तर पर भी समाचार सम्प्रेषण के आधुनिकतम माध्यम (कम्प्यूटर, इंटरनेट, मॉडेम, फैक्स, ई-मेल, एसटीडी आदि) उपलब्ध हैं। अतः संपादक, उपसंपादक या संवाददाता से यह अपेक्षा की जाती है कि वह नई संचार प्रौद्योगिकी का पूरी दक्षता के साथ प्रयोग करते हुए घटनाओं को उनकी समग्रता के साथ सही परिप्रेक्ष्य में प्रस्तुत करे।

आंचलिक पत्रकारिता के परिवर्तित परिदृश्य की जरूरतों को ध्यान में रखकर आंचलिक पत्रकारों के प्रशिक्षण के क्षेत्र में माखनलाल चतुर्वेदी राष्ट्रीय पत्रकारिता विश्वविद्यालय ने कुछ अनूठे प्रयोग भी किए हैं। जिला और ग्रामीण स्तर के संवाददाताओं के प्रशिक्षण के लिए मध्य प्रदेश, राजस्थान और बिहार के विभिन्न जिलों में प्रशिक्षण शिविरों का आयोजन किया। इसके अतिरिक्त प्रो. कमल दीक्षित के नेतृत्व में खंडवा में अलग से ग्रामीण पत्रकारिता का पाठ्यक्रम भी चलाया गया। एक्टीविस्ट पत्रकार जयन्त वर्मा ने विश्वविद्यालय के सहयोग से अंचल स्तरीय पत्रकारों के लिए विभिन्न जिलों में चेतना निर्माण शिविर भी लगाए।

आंचलिक और जिला स्तरीय पत्रकारों के प्रशिक्षण के लिए विशेष प्रकार के पाठ्यक्रम की जरूरत होती है। चूँकि शहरी पत्रकारों की तुलना में इन पत्रकारों का 'एक्सपोजर' सीमित होता है, इसलिए जहाँ इन्हें दृष्टि व व्यावसायिक दक्षता से लैस किया जाना चाहिए वहीं इनकी

विश्व-दृष्टि के विस्तार की भी आवश्यकता है। अतः विशेषीकृत पाठ्यक्रम को बहुआयामी बनाया गया। उनमें निम्न विषयों को सम्मिलित किया गया :

1. समाचारपत्र : कानूनी और संवैधानिक प्रावधान, अन्तर्राष्ट्रीय, राष्ट्रीय, क्षेत्रीय, स्थानीय, अंग्रेजी, भाषायी, दैनिक (प्रातःकालीन, अपरान्ह, सायंकालीन), पत्रिकाएँ (साप्ताहिक, पाक्षिक, मासिक, त्रैमासिक आदि) मिश्रित, खबर प्रधान, विचार प्रधान, विशेष उद्देश्य के लिए, भिन्न-भिन्न संस्करण, शृंखलाबद्ध समाचार पत्र, सम्पादन, व्यवस्था विज्ञापन, प्रसार आदि।

2. न्यूज एजेंसी : फीचर सर्विस, प्रेस फोटोग्राफी, कार्टून-तन्त्र एवं कार्यशैली, समाचारों के प्रवाह पर अधिकार, शक्ति एवं सीमाएँ।

3. प्रिंट और इलेक्ट्रॉनिक मीडिया, इंटरनेट : उपयोगिता, प्रभाव क्षेत्र, सीमाएँ, कानूनी अधिकार, बन्धन।

4. पत्रकारिता : खबर, खबरों का स्वरूप, लेख, फीचर, रपट, खोजी खबर, रिपोर्टिंग-विधि, विधायी, समाज और सरकार से सम्बन्ध, पत्रकारिता से सम्बन्धित भिन्न-भिन्न कानून।

5. पत्रकारों के वेतन सम्बन्धी प्रावधान, श्रम कानून आदि

6. भारत में पत्रकारिता : इतिहास, वर्तमान, भविष्य, नगरीय, प्रादेशिक, आंचलिक, ग्रामीण; समाचारपत्र व्यवसाय और पूँजी का सम्बन्ध।

7. विकास क्या है ?

विकास की पश्चिमी और भारतीय अवधारणा, विकास का केन्द्र, लाभों का बँटवारा, विकास के सहयोगी, असंगठित-ग्रामीण क्षेत्र के प्रति दृष्टिकोण, स्वयंसेवी संस्थाएँ, जनसंगठन, नागरिक समाज, आदिवासी, दलित, अल्पसंख्यक, विकलांग, हाशिए पर कर दिए गए लोगों का पक्ष, किसकी कीमत पर किसका विकास, राज्य की जनकल्याणकारी योजनाएँ एवं कार्यक्रम।

8. मुद्दों की पत्रकारिता : सामाजिक सरोकार, बेकारी, गरीबी, अशिक्षा, अन्याय, शोषण, साम्प्रदायिकता, क्षेत्रीयता, बीमारी, शहरी और

ग्रामीण आवास की समस्या, भ्रष्टाचार, असमानता, धर्मांधता, राजनीतिक-आर्थिक विचारधाराएँ :–(सामन्तवाद, साम्यवाद, समाजवाद, पूँजीवाद, नक्सलवाद, नस्लवाद, आतंकवाद, पृथकतावाद, उपभोगवाद, व्यक्तिवाद, फासीवाद आदि)

9. लेखन कला : भाषा-शैली, प्रामाणिकता, शुद्धता, सामयिक, निकटता, संवेदनशीलता, दक्षता, रोचकता, सरलता, विविधता, औचित्य, स्रोत (सन्दर्भ), डाक्यूमेंटेशन, संविधान, कानून, सांख्यिकी जानकारी, गजेटियर्स, वार्षिक रपटें, कतरनें, संसद, राजपत्र, विधानसभा, न्यायालय, ट्राईब्यूनल, प्रेस नोट्स, पत्रकार वार्ता, भेंट वार्ता, व्यावहारिक पक्ष, कानूनी पक्ष, सन्तुलन, न्याय का पक्ष, मानवता का पक्ष।

10. विषय-वस्तु : जनसमस्याएँ, राजनीति, अपराध, भ्रष्टाचार (कुशासन), आर्थिक, खेल, आपदा, महिला, युवा, बालगोपाल, विज्ञान, कानून, सुरक्षा, मनोरंजन, उद्योग, व्यापार, फिल्म, ललित कलाएँ, साहित्य, कृषि, श्रम, प्रकृति-पर्यावरण-वन, ग्रामीण स्वास्थ्य, जनजातियाँ, आवास, बेरोजगारी, शिक्षा, धर्म, मौसम, दलित, पिछड़े, अल्पसंख्यक, संस्कृति, धर्म, विदेश, अन्तरिक्ष, ज्योतिष, वैदेशिक आदि।

11. विचार : सम्पादक को पत्र, सम्पादकीय लेखन, स्तम्भ लेखन, सामयिक टिप्पणी, रिपोर्टिंग, सम्पादन।

12. लोकतन्त्र : संसदीय लोकतन्त्र, किसान के मतों का महत्त्व, राजपत्र, विधायिका, कार्यपालिका (सरकार), न्यायपालिका, मीडिया, राजनीतिक दल, चुनाव घोषणापत्र, जवाबदेही, निर्वाचन।

13. संविधान : भारत की जनता, उद्देशिका, मूल अधिकार, नीति निर्देशक तत्त्व, राष्ट्रपति, संसद, राज्यपाल, विधानसभाएँ, मन्त्रिमंडल, संघ सूची, राज्य सूची, समवर्ती सूची, नगरपालिकाएँ, पंचायती राज, बजट, अनुसूचित क्षेत्र, ग्राम सभा।

14. जवाबदेही : जनता के प्रति राज्य की, संविधान के प्रति राज्य की, राष्ट्रपति-राज्यपाल और संविधान, संसद, विधानसभाएँ, कार्यपालिका, सूचना का अधिकार।

15. मानवाधिकार : संयुक्त राष्ट्र संघ घोषणापत्र, संविधान में मानवाधिकार, आर्थिक, सामाजिक, राजनीतिक, धार्मिक, बच्चे-महिलाएँ-कमजोर वर्ग, अल्पसंख्यक, आदिवासी-दलित अत्याचार।

16. उदारीकरण : स्वावलम्बन, भूमंडलीकरण, विश्व अर्थव्यवस्था, बहुराष्ट्रीय कम्पनियाँ, विकसित, विकासशील और अविकसित देश, जनसंख्या, संगठित-असंगठित वर्ग।

17. अभ्यास : चर्चा, फीड बेक शीट, प्रशिक्षणार्थियों के विचार, समापन सत्र, सर्टिफिकेट वितरण, ग्रुप फोटोग्राफ, क्षेत्र भ्रमण (समय होने पर)।

इस तरह के तमाम प्रयासों का उद्देश्य आंचलिक पत्रकारिता से जुड़े सभी वर्गों के पत्रकारों को पत्रकारिता की आधुनिक चेतना और नवीनतम प्रवृत्तियों से सम्पन्न करना रहा है। विभिन्न शिविरों के अनुभव बतलाते हैं कि आंचलिक पत्रकारों में बुनियादी जानकारी का भी अभाव था। वे इस बात से अनभिज्ञ थे कि संविधान के अन्तर्गत नागरिकों को किस प्रकार के मौलिक अधिकार प्राप्त हैं ? नागरिकों के क्या कर्तव्य हैं ? राज्य के नीति-निर्देशक सिद्धान्त क्या हैं ? आंचलिक पत्रकारिता करते समय संवाददाता को इस बात की पर्याप्त जानकारी होनी चाहिए कि अंचल की जनता के उत्थान के लिए सरकार ने किस प्रकार के विकास कार्यों की व्यवस्था की है ? संवाददाता को यह भी जानना चाहिए कि सम्बन्धित अंचल में सार्वजनिक उचित मूल्य की राशन की दुकानें ठीक से कार्य कर रही हैं या नहीं ? क्या खेतिहर श्रमिक या अन्य श्रमिकों को न्यूनतम मजदूरी प्राप्त हो रही है या नहीं ? आंचलिक संवाददाता से यह भी अपेक्षित है कि वह बन्धुआ मजदूरी की खोज खबर रखे क्योंकि कानून के अन्तर्गत बन्धक श्रमिक प्रथा और ऋणग्रस्तता दोनों ही गैर कानूनी हैं।

तनाव के ज्वालामुखी

पिछले कुछ वर्षों में देश के विभिन्न राज्यों के अंचलों में एक नई परिघटना

का विस्फोट हुआ है; ग्रामीण क्षेत्रों में फैली ऋणग्रस्तता के कारण, आन्ध्र प्रदेश, पंजाब, महाराष्ट तथा अन्य राज्यों के हजारों किसानों ने आत्महत्याएँ की हैं। स्थिति का तकाजा है कि आंचलिक संवाददाता आत्महत्या के कारणों की गहराई से छानबीन करे और सारगर्भित रपट भेजे। इसी प्रकार गाँवों में भूख व कुपोषण से प्रायः मौतें होती रहती हैं। लेकिन व्यावसायिक दृष्टि और दक्षता के अभाव के कारण इस प्रकार की घटनाओं को वांछित फोकस नहीं मिलता है। यदि आंचलिक संवाददाता सतर्क, सक्रिय और दृष्टि सम्पन्न है तो उसकी नजरों से ऐसी घटनाएँ ओझल नहीं होंगी और अंचल की पत्र-पत्रिकाओं और स्थानीय केबल नेटवर्क में भी इन घटनाओं को उपयुक्त स्थान मिल सकेगा। इसलिए आंचलिक संवाददाता को चाहिए कि वह अपने अंचल के 'मानव विकास स्तर' पर निरन्तर निगरानी रखे और खबरें भेजे। आजकल मध्य प्रदेश और अन्य राज्यों में 'ग्राम सरकार' तथा जिला सरकार के प्रयोग चल रहे हैं। आंचलिक पत्रकार को चाहिए कि वह इन बहुआयामी प्रयोगों की सफलताओं एवं कमियों की बारीकी से जाँच कर रोचक रपट भेजे।

ग्रामीण भारत में तनाव के अनेक बिन्दु हैं। बिहार, उत्तर प्रदेश जैसे राज्यों में जाति संघर्ष आम बात है। लेकिन, पिछले कुछ समय से ग्रामीण अंचलों के तनावों में एक नया आयाम भी जुड़ा है। कतिपय कट्टरवादी धार्मिक ताकतें ग्रामीण अंचलों का भी साम्प्रदायिकीकरण कर रही हैं। आदिवासी क्षेत्र भी इसकी चपेट में आए हैं। आंचलिक पत्रकारों के समक्ष ग्रामीण साम्प्रदायिक हिंसा का कवरेज सबसे बड़ी चुनौती है। यह अत्यन्त संवेदनशील मुद्दा है। अतः संवाददाता से अपेक्षित है कि वह कवरेज के दौरान अपनी व्यावसायिक तटस्थता का परिचय दे और खबरों के प्रस्तुतीकरण में उसकी भूमिका निरापद रहे। ग्रामीण अंचलों की खबरों का पूर्वग्रहग्रस्त कवरेज नए संकटों को जन्म दे सकता है। अतः आंचलिक संवाददाता को चाहिए कि वह सही परिप्रेक्ष्य में इन घटनाओं को रखे। यह तभी सम्भव है कि वह सही अर्थों में आधुनिक हो और मध्ययुगीन सामन्ती सोच से नितान्त मुक्त रहे। क्योंकि यह निर्विवाद है कि ग्रामीण

अंचलों में आज भी सामन्ती मूल्य-व्यवस्था अपनी कम-अधिक आक्रामकता बनाए हुए है। सामन्ती संस्कारों के कारण आज भी सती घटनाएँ यदा-कदा होती रहती हैं; सती का महिमा मंडन किया जाता है; दलितों के साथ अमानवीय व्यवहार होता है; स्त्रियों को मानव अधिकारों से वंचित रखा जाता है; गाँवों में स्त्रियों को निर्वस्त्र करके घुमाया जाता है; राजस्थान के ग्रामीण अंचलों में प्रतिवर्ष हजारों बाल विवाह होते हैं; बिहार, राजस्थान, मध्य प्रदेश, उत्तर प्रदेश तथा कई अन्य राज्यों में नवजात बालिकाओं की हत्या कर दी जाती है। यह सभी जानते हैं कि आज भी ग्रामीण अंचलों में निहित स्वार्थी तत्त्व कमजोर वर्गों की औरतों को चुड़ैल-डायन घोषित करके अपने घिनौने हितों को साधते रहते हैं। मध्यप्रदेश और राजस्थान के सीमावर्ती अंचलों में औरतों की खरीद-फरोख्त की जाती है और निर्धन व पिछड़े वर्ग के परिवारों को परम्परागत प्रथा के नाम पर ग्रामीण वेश्यावृत्ति अपनाने के लिए विवश किया जाता है। क्या क्षेत्रीय संवाददाता का यह उत्तरदायित्व नहीं है कि वह संवेदनशीलता और आधुनिक दृष्टि के साथ इन घटनाओं की रपट रोचक शैली में पत्र-पत्रिकाओं या चैनलों, केबलों को भेजे ?

जरूरत है 'अर्द्ध एक्टीविस्ट' की

वास्तव में आंचलिक पत्रकार एक किस्म का अर्द्धएक्टीविस्ट भी होता है। उसके आंचलिक सरोकार अर्थात् सामाजिक सरोकार, महानगर के पत्रकार की तुलना में अधिक संवेदनशील, गहरे और स्पष्ट होते हैं। यह भी कहा जा सकता है कि सामाजिक सरोकारों से जुड़े बगैर एक जैनुइन आंचलिक पत्रकार की भूमिका नहीं निभाई जा सकती। क्योंकि आंचलिक सम्पादक या संवाददाता को अपने अंचल की भूमि से जुड़ना ही पड़ता है। उसकी आंचलिक पत्रकारिता में वहाँ की मिट्टी की सौंध आनी ही चाहिए। यह तभी सम्भव है जब आंचलिक पत्रकार केवल रपट भेजने तक ही स्वयं को सीमित न रखे। आंचलिक पत्रकार के जीवन में ऐसे अवसरों का पैदा होना स्वाभाविक है जब वह स्वयं को चारों ओर से घटनाओं से घिरा पाता

है। ऐसे उदाहरण हैं जब आंचलिक पत्रकारों ने अपने पत्रकारिता-कर्म की सीमाओं को लांघा और 'एक्टीविस्ट' की भूमिका निभाई। साफ शब्दों में समझा जाए तो आंचलिक पत्रकारों ने आंचलिक जन संघर्षों में सक्रियता से हिस्सा लिया और अपने भौतिक हितों की बलि दी। ऐसा इसलिए होता है जब पत्रकार में आन्तरिक उथल-पुथल होने लगती है और वह स्वयं को स्थानीय जनता के संघर्षों के अभिन्न हिस्से के रूप में देखने लगता है। देश के विभिन्न क्षेत्रीय अंचलों में सक्रिय ऐसे अनेक 'विकास पत्रकार' हैं जो अपनी पत्रकारिता का इस्तेमाल बदलाव के माध्यम के रूप में करते हैं। ये पत्रकार अंचल की बुनियादी समस्याओं को उठाते हैं; उनके निराकरण का रास्ता खोजते हैं; जनता में चेतना पैदा करते हैं और उसे बदलाव की दिशा में सक्रिय करते हैं। जाहिर है इस प्रक्रिया में उनकी पक्षधरता पहले से अधिक मुखरित होती है। ऐसे पत्रकार तीन प्रकार की भूमिका समानान्तर रूप से निभाते हैं : 1. सक्रिय पत्रकार, 2. हस्तक्षेपकर्ता और 3. पक्षकर्ता। निःसन्देह जब ऐसे पत्रकार तीन भूमिकाएँ एक साथ निभाते हैं तब उनकी व्यावसायिक तटस्थता प्रभावित हुए बिना नहीं रहती है। वे शुद्ध पत्रकार नहीं रह जाते हैं। वे 'एक्टिीविस्ट पत्रकार' में रूपान्तरित हो जाते हैं और जन प्रतिबद्ध पत्रकारिता उनका मिशन बन जाता है, क्योंकि 'एक्टीविस्ट पत्रकार' जन सरोकारवादी पत्रकारिता और शुद्ध पत्रकारिता के विभाजन को अस्वीकार कर देते हैं। लेकिन, यह एक असाधारण स्थिति है। प्रत्येक आंचलिक पत्रकार इस त्रिआयामी भूमिका को अपनाए, यह जरूरी नहीं है। वह शुद्ध पत्रकार रहते हुए भी अपने अंचल के कायाकल्प में अपना योगदान दे सकता है। लेकिन उससे यह न्यूनतम अपेक्षा की जाती है कि वह उपभोक्तावादी पत्रकारिता के सम्मोहन से स्वयं को बचाए रखे।

आज हम इलेक्ट्रॉनिक चैनलों और केबिल टीवी के दौर में जी रहे हैं। जिला स्तर के नगर एवं कस्बों में चैनलों और स्थानीय केबल टीवी ऑपरेटरों का जाल फैला हुआ है। स्थानीय स्तर पर भी केबल समाचार बुलेटिनों का प्रसारण किया जाता है। अतः आज का आंचलिक पत्रकार

या संवाददाता स्वयं को मुद्रण पत्रकारिता तक ही सीमित रखकर अंचल-समाज में अपनी भूमिका प्रभावशाली ढंग से नहीं निभा सकता। उसे अब त्रि-आयामी मीडिया की व्यावसायिक दक्षता एवं दृष्टि से लैस होने की जरूरत है।

जून, 2003

–रामशरण जोशी

आंचलिक संवाददाता

प्रथम खंड

सुरेश पंडित

आंचलिक पत्रकारिता : क्यों और कैसे ?

सामान्यतः पिछले दो-तीन दशकों में और खासतौर पर 1991 के बाद समाचार-पत्र उद्योग में जो बहुआयामी परिवर्तन आया है, उसने इनके सरोकारों पर फिर से विचार करने के लिए समझदार लोगों को विवश कर दिया है। इस परिवर्तन के दो कारण प्रत्यक्ष में दिखलाई देते हैं—एक, तेजी से हो रहा तकनीकी नवीकरण और दो, आर्थिक नीति में बदलाव। इन दोनों ने मीडिया के पुराने लोकोपकारक और देशसेवा जैसे उद्देश्यों को हाशिए की ओर धकेल दिया है। प्रसिद्ध समाजशास्त्री मार्क क्रिस्पिन मिलर का मानना है कि आज मीडिया के लिए जनता का वह वर्ग सर्वाधिक प्रिय है जो विज्ञापनदाताओं की पहली पसन्द होता है। इस तरह हमारा सामना मीडिया के उस प्रस्तुतीकरण से अक्सर होता है जिसमें श्रमजीवी और दीन-हीन व वंचित लोग अनुपस्थित रहते हैं। पहले प्रेस की भूमिका आम

लोगों को सरकारी उत्पीड़नों से बचाने और उनके न्यायोचित जीवनाधिकारों को सुरक्षित रखने की होती थी। लेकिन वर्तमान में वह इस तरह के सरोकारों के लिए सत्ताधारी वर्गों से झगड़ा मोल लेने से सायास बचने लगी है। समाचार उद्योग में लगे लोगों का तर्क है कि बढ़ती प्रतिद्वन्द्विता, भूमंडलीकरण और भारी संसाधनों की आवश्यकता ने उन्हें ऐसा करने को विवश कर दिया है। अपने व्यावहारिक हितों के लिए वे पाठकों, दर्शकों और विज्ञापनदाताओं को लुभाने और सत्ता से ताल-मेल बनाए रखने में लगे हुए हैं। यद्यपि मिलर उनकी इस परिवर्तित भूमिका को इन शब्दों में परिभाषित करते हैं—"मीडिया-पत्रकार आजकल जनता के हित के विरुद्ध काम करते दिखाई देते हैं। उनका ध्यान अपनी अभिभावक कम्पनियों, अपने विज्ञापनदाताओं और देश पर शासन करनेवाले राजनीतिक शासकों की भलाई पर अधिक केन्द्रित होने लगा है।" मुट्ठी-भर लोगों की आवाज बुलन्द कर देश की बहुसंख्यक जनता के हितों को नज़रअन्दाज कर देने की इस नई भूमिका ने मीडिया पर काबिज लोगों को बेशक आर्थिक रूप से बेहतर स्थिति में पहुँचाया है, लेकिन उसकी विश्वसनीयता को शंकास्पद बना दिया है।

खबर या उत्पाद

समाचारों को आकर्षक बनाकर अधिकाधिक लोगों को अपना उपभोक्ता बनाने की होड़ में उनकी प्रामाणिकता को बलि पर चढ़ा देना आज कोई नई या अनोखी बात नहीं रह गई है। आस्ट्रेलिया का टेलीविजन इस दौड़ में आगे निकलने के लिए अपनी उद्घोषिकाओं को न्यूनतम एवं पारदर्शी वस्त्राच्छादित रूप में प्रदर्शित करता है तो अन्य देशों के मीडिया खबरों को भरपूर उत्तेजक और सनसनीखेज बनाने के चक्कर में सच्चाई को ताक पर रख देने से भी परहेज नहीं करते। अमेरिका की सुप्रसिद्ध पत्रकार मार्टिन काल्ब अपनी पुस्तक 'दि राइज ऑफ दि न्यू न्यूज' में इसके चार प्रमुख कारण बतलाती हैं—(1) सरकार का बड़ी संस्थाओं के प्रति सम्मान और विश्वास का क्षीण होते जाना, (2) नई प्रौद्योगिकी जो उद्योगों को ऐसे तरीके

से चलाती है जैसे पहले कभी नहीं चलाया गया, (3) जो पहले कभी जनसेवा हेतु उत्पादन करता था, उसका शुद्ध रूप से व्यावहारिक बन जाना और (4) समाचार की परम्परागत परिभाषा का बदल जाना। उनका कहना है कि आज सेक्स से लेकर सनसनीवाद तक सब कुछ खबर है। विभिन्न चैनल तरह-तरह की सूचनाएँ दिन-रात देने में लगे हैं। उनके प्रस्तोताओं का ध्यान इस ओर कतई नहीं है कि इनका लोगों के दैनिक जीवन से क्या सम्बन्ध है या उनके मन पर इसका क्या प्रभाव पड़नेवाला है।

तात्कालिक प्रसारण, ऑनलाइन न्यूज और चौबीस घंटों की समाचार सेवा ऐसा भ्रम पैदा करते हैं मानो क्षण-प्रतिक्षण घटनेवाली दुनिया की घटनाओं को ये तत्क्षण अपने उपभोक्ताओं तक पहुँचा रहे हैं। इस भ्रम से जो प्रत्याशा उभरती है वह जल्दी ही निराशा में बदल जाती है क्योंकि निरन्तर चलनेवाले विश्वव्यापी घटनाचक्र को बिना देर लगाए पेश कर देना अभी सम्भव नहीं है। साथ ही कौतूहल या रोमांच का लगातार उत्पादन भी असम्भव है। जब कोई प्राकृतिक आपदा आती है या राजनीतिक घटना घटती है तब उसका दिन-रात प्रसारण बोरियत तो पैदा करता ही है उसके महत्त्व को भी घटा देता है। उदाहरण के लिए, खाड़ी, कारगिल या अफगान युद्ध अथवा 11 सितम्बर व 13 दिसम्बर 2002, की आतंकवादी घटनाओं को बार-बार दिखाने से उनकी 'न्यूजवैल्यू' तो खत्म हुई ही उसने दर्शकों के मन में भावशून्यता व संवेदनहीनता भी पैदा की है। भारतीय नाट्यशास्त्र के प्रणेता भरतमुनि कहते हैं कि भयावह घटनाओं को रंगमंच पर दिखलाने की बजाय किसी पात्र द्वारा उनकी सूचना दे देना अधिक प्रभाव छोड़ता है। लेकिन आजकल अधिकाधिक यथार्थ प्रस्तुत करने के चक्कर में पत्रकार हादसों को ग्राफिकों के माध्यम से दिखाने में लगे रहते हैं। प्रसिद्ध अंग्रेजी कवि टी.एस. इलियट की मान्यता है कि बहुत अधिक यथार्थ को मनुष्य जाति पचा नहीं पाती। यही कारण है कि हिंसा और सेक्स के रोजाना के प्रदर्शन लोगों पर अपेक्षित प्रभाव छोड़ने की बजाय उनके लिए मनोरंजन का विषय बन जाते हैं।

मीडिया उद्योग का इस तरह मनोरंजन उद्योग में बदल जाना पिछले

दशक की एक उल्लेखनीय परिघटना है। वैश्वीकरण के साथ-साथ पत्रकारिता पूरी तरह प्रोफेशनलिज्म से सराबोर हो गई। जैसे-जैसे प्रतिद्वन्द्विता बढ़ी इस व्यवसाय ने भी नैतिकता, सिद्धान्तवाद और प्रतिबद्धता जैसे आदर्शों को ताक पर रख दिया और बाजार में अपनी पैठ जमाए रखने तथा दूसरों को पछाड़कर आगे बढ़ने के प्रयास शुरू कर दिए। आज प्रिंट और विजुअल मीडिया की जो स्थिति है वह सबके सामने है।

पर आज भी मीडिया की इस परिवर्तित भूमिका से लोग सन्तुष्ट नहीं हैं। वे इसे लोकतन्त्र के सजग प्रहरी, मानवाधिकारों के कुशल अधिवक्ता और जनचेतना के प्रसारक के रूप में ही देखना चाहते हैं। उनका मानना है कि यह भी यदि उनका साथ छोड़ जाएगा तो वे किसके जरिये अपने प्रति होनेवाले अन्याय, अत्याचार और दमन को शासन, प्रशासन और न्यायपालिका के सामने ला पाएँगे। मीडिया पर चन्द लोगों के एकाधिकार को तोड़ने के लिए वे उसके विकेन्द्रीकरण की माँग करते हैं। उसे ग्लोबल के साथ-साथ लोकल भी बनाना चाहते हैं। देश के हर गाँव, ढाणी और कस्बे की समस्या को वे इसमें प्रतिबिम्बित देखना चाहते हैं। उधर अखबार, रेडियो और टेलीविजन के विभिन्न चैनल भी अपना नेटवर्क दूरदराज के स्थानों तक फैलाना चाहते हैं। पर इनका उद्‌देश्य वह नहीं है जो आम लोगों का है। ये चाहते हैं कि घर-घर में इनकी पहुँच हो जिससे इनके उपभोक्ताओं की संख्या बढ़े। उस संख्या को प्रचारित कर ये अधिकाधिक विज्ञापन बटोर सकें और सत्ता को प्रभावित या ब्लैकमेल कर अपने संसाधनों में वृद्धि कर सकें। दोनों के उद्‌देश्य असमान होने पर भी जाहिर है अखबारों ने छोटे-बड़े शहरों से अपने संस्करण निकालने शुरू कर दिए हैं और रेडियो व टीवी भी अपने प्रसारण केन्द्रों की संख्या लगातार बढ़ाते जा रहे हैं।

मीडिया को अपने फैलते नेटवर्किंग के लिए शहरों, कस्बों और गाँवों तक अपने प्रतिनिधि तैनात करने पड़ रहे हैं। यह विकेन्द्रीकरण, ग्रामीण या आंचलिक पत्रकारिता को सम्भव बना रहा है। पहले देश की राजधानी या राज्यों की राजधानियों से अखबार निकलते थे और रेडियो व टीवी के

कार्यक्रमों के वहाँ से प्रसारण होते थे। उनमें अपेक्षाकृत छोटे शहरों तक की खबरों को भी बहुत कम कवरेज मिलता था। पर अब उस स्थिति में बदलाव आया है और गाँवों तक की घटनाएँ प्रकाश में आने लगी हैं। यह एक शुभ संकेत है। यद्यपि इसके पीछे मीडिया मालिकों की मंशा दीन, हीन, वंचित लोगों के कष्टों को वाणी देकर उन्हें दूर करवाने की उतनी नहीं है जितनी बाजार में अपनी साख बनाए रखने की है। लेकिन सच्चाई यह भी है कि इस विस्तार का सदुपयोग भी किया जा सकता है।

आंचलिक पत्रकार और चुनौतियाँ

गाँवों, कस्बों और छोटे शहरों से समाचार एकत्र कर मीडिया के विभिन्न प्रकाशन एवं प्रसारण केन्द्रों तक पहुँचाने के लिए काफी बड़ी संख्या में प्रतिनिधियों एवं संवाददाताओं की जरूरत पड़ रही है क्योंकि यह काम बड़े शहरों या राजधानियों में कार्यरत प्रतिनिधि नहीं कर सकते अथवा तत्काल नहीं कर सकते। इसलिए मीडिया को स्थानीय कार्यकर्ताओं पर निर्भर होना पड़ रहा है। हर जगह सुशिक्षित व पत्रकारिता में प्रशिक्षित व्यक्ति मिल जाएँ यह सम्भव नहीं है और शहरों में रहनेवाले पत्रकार गाँवों में जाकर काम करने को तैयार नहीं होते हैं। इसलिए स्थानीय कार्यकर्ताओं को लिये बिना काम चलाना मुश्किल होता है। फिर इन कार्यकर्ताओं को अच्छा वेतन दिया जाना भी सम्भव नहीं है क्योंकि इनके पास अधिक काम नहीं होता। इसलिए ये अंशकालिक होते हैं जो इस काम के साथ अपने अन्य काम भी करते हैं ताकि अपना तथा अपने परिवार का गुजारा कर सकें।

इस तरह के आंचलिक एवं ग्रामीण पत्रकारों के लिए अल्पकालिक प्रशिक्षणों तथा अभिनवन कार्यक्रमों का होना आज की महती आवश्यकता है। पत्रकारिता के प्रशिक्षण के लिए बने कुछ संस्थान एवं विश्वविद्यालय इस आवश्यकता को ध्यान में रखते हुए अपने पाठ्यक्रमों में इस तरह की पत्रकारिता को एक विषय के रूप में ले रहे हैं। लेकिन इसी विषय पर केन्द्रित अल्पकालीन प्रशिक्षणों की सुविधा अभी तक नगण्यप्राय है। व्यावसायिक प्रशिक्षण संस्थानों के साथ-साथ मीडिया के विभिन्न अंगों को

भी इस तरह के प्रशिक्षण कार्यक्रम आयोजित करने चाहिए। इनके कार्यक्रम इसलिए अधिक उपयोगी हो सकते हैं क्योंकि ये अपनी आवश्यकताओं को ध्यान में रखते हुए अपनी पाठ्यचर्चा निर्मित कर सकते हैं और अपने संसाधनों से व्यावहारिक प्रशिक्षण की भी व्यवस्था कर सकते हैं। मीडिया के हर अंग के लिए एक अलग तरह के पत्रकार की जरूरत होती है। क्योंकि उसका अपना एक खास चरित्र होता है। उसी के अनुरूप उसे सामग्री की आवश्यकता होती है। वह सामग्री उसे वही पत्रकार मुहैया कर सकता है जो उस विद्या का जानकार होता है।

अंशकालीन पत्रकार होते हुए भी इस स्थानीय पत्रकार से अपेक्षाएँ बहुत होती हैं। शहरी पत्रकारों के मुकाबले अंशकालीन पत्रकार की कठिनाइयाँ भी बहुत होती हैं। इसके काम में एक तरफ ग्लैमर नहीं है, लेकिन गम्भीर उत्तरदायित्व है और दूसरी तरफ जोखिम भी है। इसलिए एक ऐसे व्यक्ति का चुनाव इस काम के लिए आवश्यक है जो अपने काम में माहिर होने के साथ-साथ निष्पक्ष, सन्तुलित, ईमानदार तथा संजीदा भी हो। यदि यह चुनाव सही नहीं होता है तो कार्यकर्ता का मुसीबत में पड़ना और मीडिया के उस अंग का, जिसके लिए वह काम करता है, बदनाम होना अनिवार्य है।

गाँव या कस्बे अब पहले जैसे शान्त, सद्भावनापूर्ण और शहरी प्रदूषण से मुक्त नहीं रहे हैं। सत्ता के विकेन्द्रीकरण और पंचायती राज के आगमन ने यहाँ के माहौल को न केवल गरमाया है बल्कि राजनैतिक द्वन्द्व का केन्द्र भी बना दिया है। अब वहाँ जाति, धर्म व राजनीति के आधार पर गुटबाजियाँ हैं और एक दूसरे को नीचा दिखाने व पछाड़ने की साजिशें हैं। शहरों में आप बिना किसी गुट या पार्टी में शामिल हुए आराम से रह सकते हैं, पर गाँवों में अब स्थानीय प्रतिनिधि से निष्पक्षता की अपेक्षा करना बहुत अधिक उचित नहीं लगता। लेकिन यह काम ऐसा है जो जरा-सा भी पक्षपात करते ही संकट पैदा कर सकता है। इसलिए उस कार्यकर्ता को निष्पक्ष न होने पर भी दलगत भेदभाव से स्वयं को असंपृक्त तो दिखाना ही होगा। लोगों में रहकर भी उनसे अलग, उनके राग-द्वेष से अछूता दिखाई

देना यद्यपि बहुत कठिन काम है लेकिन यह इस पेशे की एक अनिवार्य आवश्यकता भी है। ऐसा होने पर ही वह घटनाओं का निष्पक्ष ब्यौरा मीडिया को दे सकेगा। उसके समाचार जितने वस्तुनिष्ठ, बिना लाग लपेटवाले व तथ्यपरक होंगे उतनी ही उसकी स्थानीय समाज में प्रतिष्ठा बढ़ेगी और मालिकों की नजर में वह महत्त्वपूर्ण बनेगा। उसकी निष्पक्षता की कसौटी यह हो सकती है कि जो समाचार उसके द्वारा मीडिया से प्रसारित हो उसकी सच्चाई को पक्ष और विपक्ष के लोग समान रूप से स्वीकार करें। यद्यपि आज जिस तरह की लोगों की मानसिकता बन गई है उसमें किसी का सर्वप्रिय हो जाना मुश्किल है। आज तो भ्रष्टतम व्यक्ति रंगे हाथों पकड़े जाने पर भी यही कहता है कि उसे राजनैतिक विद्वेषवश अथवा आपसी रंजिश के कारण फँसाया गया है।

कैसा हो पत्रकार ?

ग्रामीण एवं आंचलिक पत्रकारों से यह क़ठिन अपेक्षा इसलिए की जाती है क्योंकि वह बड़े पत्रकारों की तरह किसी सुरक्षा कवच में नहीं रहता। न ही उसके सम्पर्क इतने व्यापक होते हैं कि उस पर टेढ़ी नजर डालने से पहले कोई ठीक तरह से सोच-विचार कर ले। पुलिस, प्रशासन और ग्राम पंचायत कोई उसके साथ नहीं होता। क्योंकि सबको यह डर बना रहता है कि वह कभी भी उनके गलत कारनामों को उजागर कर सकता है। सुरक्षा का यह अभाव अक्सर इन पत्रकारों को घटनाओं की सच्ची रिपोर्टिंग करने से रोक देता है। बड़े पत्रकार शहरों से आकर सैकिंड हैंड स्टोरी बना ले जाते हैं और ये प्रत्यक्षदर्शी कुछ नहीं कर पाते।

निष्पक्ष होने के साथ-साथ उसका सन्तुलित होना भी जरूरी है। सन्तुलित से अभिप्राय भावावेश रहित, शान्त व स्थिर चित्तवाला होना है। यह सन्तुलित दृष्टि तभी विकसित होती है जब व्यक्ति घटनाओं को बेलाग तरीके से देखता है। ध्यान रखना चाहिए कि समाचार जितना वस्तुपरक व तथ्य केन्द्रित होगा उतना ही विश्वसनीय होगा। जैसे ही इसमें विचारों व भावनाओं का सम्मिश्रण होने लगेगा इसके विवादास्पद होने की

सम्भावनाएँ बढ़ जाएँगी। इसलिए ग्रामीण आंचलिक पत्रकार को खासतौर पर समाचार तैयार करते समय अपने विचारों, भावनाओं पर अंकुश रखना होगा। क्योंकि सच्चाई को नकारना तो हर एक के लिए सम्भव नहीं होता परन्तु विचारों, भावनाओं से तो मतभेद हो ही सकते हैं। भावुकताभरी भाषा कभी-कभी अर्थ का अनर्थ कर देती है और दोषी पक्ष को यह सन्देह होने लगता है कि समाचार सम्प्रेषक उत्पीड़ित पक्ष के प्रति सहानुभूति रखता है। समाचारों के माध्यम से अपने विचारों का अग्रेषण पत्रकारीय नैतिकता के प्रतिकूल है। यद्यपि यह भी सच है कि अपनी वैचारिक दृष्टि को एक ओर रखकर किसी बात को ज्यों का त्यों प्रस्तुत कर देना भी आसान नहीं है।

ग्रामीण एवं आंचलिक पत्रकार का ईमानदार होना भी जरूरी है। इस सन्दर्भ में ईमानदारी का मतलब आर्थिक या भौतिक ही नहीं,बल्कि सभी तरह के प्रलोभनों से बच कर रहना है। लोग घटना को तोड़ने-मरोड़ने या दबा देने के लिए रुपए-पैसे से लेकर अन्य प्रकार के लाभ देने को तैयार हो जाते हैं। उनमें यह मान्यता गहराई तक जम गई है कि पैसा देकर आज सब काम करवाए जा सकते हैं और कोई मनुष्य ऐसा नहीं है जिसे खरीदा नहीं जा सकता। सरकारी विभागों में व्याप्त भ्रष्टाचार और इसके दोषी लोगों का बाल तक बांका न होने के कारण उनकी इस मान्यता को मजबूती प्रदान की है। लेकिन पत्रकारों को यह समझना चाहिए कि उनकी फिसलन उन्हें ऐसे गर्त में पहुँचा सकती है जहाँ से निकासी सम्भव नहीं होती।

एक बार किसी बड़े हिन्दी अखबार के मालिक-सम्पादक से अनौपचारिक बातचीत के दौरान यह तथ्य सामने आया कि गाँवों, कस्बों से ही नहीं शहरों तक से उनके पास ऐसे लोग आते हैं जो अपने स्थानों पर बिना एक भी पैसा पारिश्रमिक लिये संवाददाता बनने की पुरजोर पेशकश करते हैं। जाहिर है ऐसे लोग इस पद का दुरुपयोग करते हैं और इस पेशे को बदनाम करते हैं। इनका उद्देश्य अखबार से जुड़े होने के नाम पर अपनी हैसयित बढ़ाना और पुलिस-प्रशासन के लिए दलाली करना या लोगों को ब्लैकमेल करना होता है।

ऐसे पत्रकारों में संजीदगी का होना भी परमावश्यक है। उसकी सफलता इस बात पर निर्भर करती है कि वह अपनी बात कितनी कम करता है और दूसरों से कितना अधिक उगलवा लेता है। छिछोरापन उसके लिए अभिशाप साबित हो सकता है। यदि वह अपने बारे में अधिक बोलता है तो जाहिर है उसकी असलियत सामने आ जाती है। तब वह लोगों का विश्वास नहीं अर्जित कर पाता और लोग उसके सामने अपने मन की बातें कहने से कतराने लगते हैं। उसके अपने काम के प्रति निष्ठा का होना भी जरूरी है। उसे यह मानना चाहिए कि उसके ऊपर समाज जितना भरोसा करता है उसे उसके गलत कामों से कभी ठेस नहीं पहुँचे। जनता की अदालत में कभी वह झूठा या फरेबी साबित न हो।

ग्रामीण एवं आंचलिक पत्रकारों को यह याद रखना चाहिए कि उन्होंने स्वेच्छा से इस व्यवसाय को चुना है। किसी ने जबर्दस्ती उन्हें इसके लिए मजबूर नहीं किया है। उनका यह पेशा न केवल भारी उत्तरदायित्व लिये हुए है बल्कि संकटों से भरा भी है। उनकी कोशिश यह रहनी चाहिए कि वे कम से कम खतरा उठाकर अपने काम को अंजाम दें।

केवल समाचार सम्प्रेषण तक ही उनके कर्तव्य का दायरा सीमित नहीं रहता। उन्हें अपने क्षेत्र की हर घटना पर नजर रखनी होती है। अपने परिवेश की सूक्ष्मतम जानकारी रखे बिना वे दिन-प्रतिदिन घटनेवाली घटनाओं की तह तक पहुँच ही नहीं सकते। बिना अन्दर की बात जाने किसी घटना के समाचार को विश्वसनीय बनाना कठिन होता है।

आजकल मीडिया उन्हीं समाचारों को महत्त्व देता है जो नकारात्मक होते हैं अर्थात् कहीं कोई अच्छा काम हो रहा है या कोई व्यक्ति ईमानदारी से काम कर रहा है तो ऐसी बातों का कोई समाचार नहीं बनता। इनकी न्यूजवेल्यू कुछ नहीं होती। इसके विपरीत भ्रष्टाचार, घोटाले, प्रशासनिक कमजोरियाँ, राजनीति की विकृतियाँ आदि की खबरें अखबारों में भरी रहती हैं। ऐसा होने से आम पाठकों में एक तरह की हताशा, कुंठा व हीन भावना पैदा होती है। वे सोचते हैं दुनिया में सब कुछ बुरा ही बुरा है, और बुराई को समाज से मिटाया नहीं जा सकता। हम अन्य देशों के निवासियों की

तुलना में अधिक बुरे हैं। हमारा देश दुनिया के सारे देशों से खराब है। लेकिन आंचलिक पत्रकारों को सकारात्मक व विकासात्मक घटनाक्रमों की ओर भी ध्यान देना चाहिए और लोगों के सामने ऐसी सामग्री रखनी चाहिए जिससे लोग यह मानने लगें कि देश के अधिकतर लोग बेईमान नहीं हैं। हर व्यक्ति भ्रष्टाचारी नहीं है। राजनीति में कुछ अच्छे लोग भी हैं। कमियों के बावजूद अभी भी हमारा देश अन्य बहुत से देशों से बेहतर है।

समाचारों के साथ-साथ कई बार ऐसे पत्रकारों को घटनाओं पर टिप्पणियाँ, रिपोर्टें व विश्लेषण आदि भी भेजने होते हैं। इनमें वे अपने विचारों का समावेश कर सकते हैं। अपने मत प्रकट कर सकते हैं और अपनी भाषा में भी भावनात्मक संस्पर्श दे सकते हैं। लोगों से साक्षात्कार लेकर या उनके अभिमत संग्रहित कर उनके आधार पर निष्कर्ष निकाल सकते हैं। अपने अभिमत प्रकट करते हुए उन्हें उनके औचित्य को प्रमाणित करने के निमित्त उपयुक्त तर्कों को प्रस्तुत करना चाहिए। बिना सही दलील दिए किसी बात को प्रभावशाली या सर्वमान्य बनाना सम्भव नहीं होता। अभिमतों का औचित्य अधिकतम लोगों की भलाई की इच्छा से प्रमाणित हो सकता है। पत्रकारों को ध्यान रखना होगा कि वे शासन, प्रशासन या चन्द प्रभावशाली लोगों के हितों के संरक्षक नहीं हैं बल्कि आम लोगों के जीवनाधिकारों को सुरक्षित रखने के लिए प्रतिबद्ध हैं और इसके लिए अगर उन्हें उन लोगों के कोप का भाजन बनना पड़े तो वे विचलित नहीं हों। परन्तु अपने मीडिया मालिकों से तो उन्हें बनाकर ही रखना होगा। उन्हें नाराज करने पर वे अपनी नौकरी तक गँवा सकते हैं। उन संसाधनों से भी वंचित हो जाएँगे जिनके जरिये वे कभी-कभी ही सही अपनी बात लोगों तक पहुँचा तो पाते हैं। इसलिए अपने आदर्शों और वर्तमान की वास्तविकताओं के बीच तालमेल बैठाना आज के आंचलिक पत्रकारों के लिए सर्वोच्च प्राथमिकता होनी चाहिए।

द्वितीय खंड

मधुकर खेर

1

आंचलिक संवाददाता : महत्त्व और कठिनाइयाँ

आज का पाठक अन्तर्राष्ट्रीय, राष्ट्रीय तथा प्रादेशिक समाचारों के साथ-साथ अपने तथा पड़ोसी अंचल की घटनाओं के विषय में भी जानना चाहता है। उसकी इस जिज्ञासा की पूर्ति आंचलिक संवाददाता ही कर सकते हैं।

भारत के सभी राज्यों में वहाँ प्रचलित भाषाओं में समाचार-पत्र प्रकाशित हो रहे हैं तथा उनमें प्रतिष्ठित समाचार-पत्रों की संख्या कम नहीं है। ऐसे प्रादेशिक अथवा आंचलिक समाचार-पत्रों की वितरण संख्या भी आंचलिक क्षेत्रों में काफी अधिक भी है। इस अधिक वितरण संख्या के अनेक कारणों में से एक और प्रमुख कारण उस समाचार-पत्र के आंचलिक

संवाददाता हैं। उनका महत्त्व भी दिनोंदिन बढ़ता जा रहा है क्योंकि आंचलिक संवाददाता अब एक व्यक्ति न होकर अपने आप में एक संस्था बन गया है।

संवाददाता विभिन्न श्रेणियों के होते हैं। देश की राजधानी नई दिल्ली में विदेशी पत्रों, समाचार समितियों तथा राजधानी से प्रकाशित होनेवाले समाचार-पत्रों के संवाददाता रहते हैं। अनेक आंचलिक पत्रों के भी संवाददाता वहाँ हैं।

प्रदेशों की राजधानियों में भी दिल्ली के पत्रों के तथा स्थानीय समाचार-पत्रों के संवाददाता रहते हैं। प्रादेशिक राजधानियों में सम्बन्धित राज्य के आंचलिक समाचार-पत्रों के संवाददाता होते हैं, जो राजधानी के समाचार अपने पत्रों को प्रेषित करते हैं। राष्ट्रीय तथा प्रादेशिक राजधानियों के संवाददाता अपने आंचलिक पत्रों को उस अंचल से सम्बन्धित समाचार भेजते हैं। आंचलिक पत्रों के संवाददाता पत्र के प्रकाशन-केन्द्र के अतिरिक्त जिला-केन्द्रों, बड़े कस्बों, तथा बड़े ग्रामों में रहते हैं। कुछ आंचलिक पत्रों ने तो अपने क्षेत्र में ग्रामों में बड़ी संख्या में अपने संवाददाता रखे हैं।

वाराणसी से प्रकाशित दैनिक 'आज' के तथा कई अन्य पत्रों के अनेक संस्करण प्रकाशित हो रहे हैं। जब 'आज' का प्रकाशन प्रारम्भ हुआ तब वह पूर्वी उत्तर प्रदेश में छा गया था। 'आज' के सम्पादक का अपने संवाददाताओं को निर्देश था "पूर्वी उत्तर प्रदेश में एक कुत्ते का भौंकना भी हमारे लिए समाचार है।" उन दिनों 'आज' द्वारा अपना संवाददाता लन्दन में भी रखा गया था जबकि तब अनेक राष्ट्रीय पत्रों के संवाददाता वहाँ नहीं थे।

आंचलिक संवाददाता का परिवार बहुत ही व्यापक है। गाँव में आंचलिक पत्रों के लिए कार्य करनेवाले संवाददाता भी आंचलिक संवाददाता की परिभाषा में आते हैं तो आंचलिक पत्रों के लिए प्रादेशिक राजधानियों तथा राष्ट्रीय राजधानी में कार्य करनेवाले संवाददाता भी आंचलिक संवाददाता ही होते हैं।

आंचलिक संवाददाताओं की श्रेणी में वे संवाददाता भी आते हैं जो केन्द्रीय राजधानी, प्रादेशिक राजधानी तथा महानगरों से प्रकाशित समाचार-पत्रों को आंचलिक केन्द्रों से समाचार भेजते हैं। इस तरह आंचलिक संवाददाता पत्रकारिता का एक महत्त्वपूर्ण नींव का पत्थर है।

पहले आंचलिक संवाददाता के लिए मुख्य विषय रहते थे, राजनीतिक घटनाएँ और प्रशासकीय गतिविधियाँ। सीमित संख्या में होने पर भी आंचलिक संवाददाताओं तथा समाचार-पत्रों ने स्वतन्त्रता संग्राम में बहुत ही उल्लेखनीय योगदान दिया था। उन दिनों 'प्रताप' (कानपुर) 'कर्मवीर' (खंडवा), 'केसरी' (पुणे) जैसे ऐतिहासिक पत्र आंचलिक केन्द्रों से ही निकलते थे। पाठक उनके सम्पादकीय पढ़ने के लिए इन पत्रों को पढ़ते थे।

उन दिनों पत्रों तथा पत्रकारों की इतनी श्रेणियाँ नहीं थी। इसके बाद भी यह तो स्पष्ट है कि समूचे देश तक अपनी बात पहुँचाने के लिए माखनलाल चतुर्वेदी, गणेश शंकर विद्यार्थी तथा लोकमान्य तिलक ने अपने समाचार-पत्र देश या अपने प्रदेश की राजधानी से प्रकाशित करना आवश्यक नहीं समझा था।

समाचार-पत्रों की प्रगति में मुद्रण, साज-सज्जा, कम्प्यूटर आदि का काफी जबर्दस्त प्रभाव पड़ा है। समाचार-पत्रों में भी अब पाठकों के जीवन के सभी पक्षों पर सामग्री दी जाती है, जैसे राजनीतिक, आर्थिक, सामाजिक, सांस्कृतिक तथा अन्य सभी पहलू।

केन्द्रीय राजधानी, प्रादेशिक राजधानी, महानगरों तथा आंचलिक केन्द्रों से प्रकाशित होनेवाले अनेक समाचार-पत्रों द्वारा आर्थिक, वैज्ञानिक, कृषि, सांस्कृतिक, संगीत, महिला जीवन, रंग-मंच, खेल-कूद आदि विषयों पर इन विषयों के विशेषज्ञों से लेख, फीचर लिखाए जाते हैं। पत्रों में कार्यरत पत्रकारों में भी सामान्यतया इन विषयों के अच्छे जानकार रखे जाते हैं, जो विशेष घटनाओं का समाचार तैयार करते हैं।

समाचार-पत्रों में सम्पादकीय विभाग में कार्यरत पत्रकार, आंचलिक तथा जिला केन्द्रों में कार्य करनेवाले पत्रकारों में अधिकांश पूर्णकालिक

पत्रकार होते हैं। नियमानुसार उन्हें वेतन मंडल द्वारा निर्धारित वेतनमान मिलना चाहिए। अनेक पत्रकारों की इस विषय में सही तथा उचित शिकायतें हो सकती हैं किन्तु विभिन्न विषयों में समाचार प्रस्तुत करने में राजधानी एवं सम्पादकीय विभाग में कार्यरत पत्रकार को प्रायः पर्याप्त साधन उपलब्ध रहते हैं। फोटोग्राफर, टेप रिकार्डर, फीचर सेवाओं के लेख, परामर्श के लिए प्रकाशन केन्द्रों में उपलब्ध विभिन्न शिक्षण संस्थाओं में कार्यरत विशेषज्ञ, शिक्षक, समाचार-पत्रों की फाइलें तथा लाइब्रेरी।

इस दृष्टि से कस्बों तथा ग्रामों के आंचलिक संवाददाता आज भी साधनहीन तथा अभावग्रस्त हैं। शिक्षा का अच्छा प्रसार होने के कारण अब अधिकांश आंचलिक संवाददाता पढ़े-लिखे रहते हैं। आज ग्रामों तथा कस्बों के संवाददाताओं में लगभग शत-प्रतिशत अंशकालीन संवाददाता हैं। यह कहना बड़ा कठिन है कि इनमें कितनों को जो पारिश्रमिक समाचार-पत्रों से प्राप्त होता है, वह किसी वेतन मंडल की सिफारिशों पर आधारित होता है। प्रायः यह देखा जाता है कि इन संवाददाताओं को नाम मात्र का पारिश्रमिक दिया जाता है। व्यावहारिक दृष्टि से सम्भवतः अधिकांश समाचार-पत्रों के लिए यह सम्भव नहीं होता है कि वह गाँवों तथा कस्बों के संवाददाताओं को किसी वेतन मंडल द्वारा निर्धारित अंशकालीन संवाददाता के लिए निर्धारित पारिश्रमिक देवें। वैसे यह भी एक सच्चाई है कि ग्रामीण तथा कस्बाई संवाददाता भी पूर्णतः समाचार-पत्रों से होनेवाली आय पर निर्भर नहीं रहे हैं।

ग्रामों तथा कस्बों के संवाददाताओं में से कुछ समाचार-पत्रों की वितरण एजेंसी चलाते हैं, तथा विज्ञापन भी प्राप्त करते हैं, जिससे उन्हें कुछ अतिरिक्त आय हो जाती है। कुछ ग्रामीण तथा कस्बाई संवाददाता अपनी छोटी-मोटी दुकानें चलाते हैं अथवा कहीं नौकरी करते हुए अपनी जीविका चलाते हैं।

संवाददाता होने के कारण उन्हें कुछ सामाजिक प्रतिष्ठा अवश्य प्राप्त होती है किन्तु इससे उनके साधनों अथवा आमदनी में कोई विशेष वृद्धि नहीं होती।

यहाँ आंचलिक संवाददाता के रूप में मुख्यतः उनकी चर्चा की जा रही है, जो आज भी साधनहीन हैं। साधनों के नाम पर जिनके पास मात्र एक दुपहिया गाड़ी, लूना, मोपेड या स्कूटर या मोटर साइकिल रहती है, जो प्रायः किसी बैंक से प्राप्त कर्ज से ली गई होती है। कुछ संवाददाता समाचार तैयार करने के लिए अपने या किसी शुभ-चिन्तक व्यक्ति या संस्था के टाइप राइटर का उपयोग करते हैं।

सबसे उल्लेखनीय तथ्य तो यह है कि इस साधनहीनता तथा विषमताओं के बावजूद ग्रामों तथा कस्बों के संवाददाता ईमानदारी तथा लगन से पूर्णकालिक संवाददाताओं की भाँति ही कार्य करते हैं। वे अपने क्षेत्र में अपने समाचार-पत्र के प्रतीक बन जाते हैं। कस्बों तथा ग्रामों का जनसाधारण इन संवाददाताओं को ही पत्र की प्रशंसा तथा विरोध का स्थानीय रूप में पात्र बनाता है।

ग्रामीण तथा कस्बाई संवाददाताओं का पत्र की नीति निर्धारण से कोई सम्बन्ध नहीं रहता, किन्तु उसे पत्र में प्रकाशित सम्पादकीय टिप्पणियों, लेखों तथा समाचारों के लिए पर्याप्त सराहना तथा आलोचना दोनों का ही पात्र बनना पड़ता है।

आंचलिक संवाददाता के छोटे-छोटे समाचार कई बार विश्व-समाचार बन जाते हैं। विशेषतः सुदूर क्षेत्रों में होनेवाली दुर्घटनाओं के समाचार। कुछ वर्षों पूर्व रायपुर जिले के एक बड़े ग्राम सिमगा में एक यात्री बस में सौ से अधिक लोगों की मृत्यु बस में आग लगने से हुई थी। सिमगा के ग्रामीण संवाददाता द्वारा प्रेषित यह समाचार विभिन्न समाचार-समितियों के संवाददाताओं द्वारा रायपुर के समाचार-पत्रों से लेकर प्रेषित किए जाने पर विश्वभर में प्रकाशित हुआ था। ऐसी घटनाओं की कमी नहीं है, जो यह स्पष्ट करती हैं कि ग्रामीण तथा कस्बों के संवाददाताओं के प्रेषित समाचार भी कभी-कभी अत्यधिक महत्त्वपूर्ण होते हैं।

दुर्ग जिले में भिलाई के निकट एक ग्राम के एक संवाददाता द्वारा एक बार एक महिला के विषय में यह समाचार प्रेषित किया गया कि उस पर बलात्कार करने की चेष्टा करनेवाले एक व्यक्ति की उसने बिजली के तारों

की सहायता से हत्या कर दी। इस समाचार को भी कुछ बड़े समाचार-पत्रों के संवाददाताओं ने स्थानीय अखबारों से उठाया था। इन बड़े पत्रों में खबर पढ़कर बम्बई के मासिक-पत्र, 'सोसाइटी' के सम्पादक ने उक्त ग्राम में आकर महिला का साक्षात्कार लिया और सचित्र लेख छापा। एक फिल्म-निर्माता द्वारा उस महिला पर टी.वी. फिल्म बनाई गई।

इन सब घटनाओं के वर्णन का उद्देश्य यही है कि ग्रामीण तथा कस्बों के संवाददाताओं का बहुत महत्त्व है। कभी-कभी अपने आपको उच्च शिखर का संवाददाता समझने वाले ग्रामीण, कस्बाई तथा आंचलिक केन्द्रों के संवाददाताओं को हेय दृष्टि से देखते हैं जो न केवल अनुचित है बल्कि सर्वथा गलत भी है। राष्ट्रीय तथा प्रादेशिक राजधानियों तथा महानगरों के महत्त्वपूर्ण समाचार को तो दूरदर्शन तथा आकाशवाणी भी प्रसारित करते हैं, किन्तु ग्रामों तथा कस्बों के समाचारों का एकमात्र साधन होता है वहाँ का संवाददाता। पाठकों की रुचि भी आंचलिक समाचारों में रहती हैं।

दूरदर्शन तथा आकाशवाणी से श्रोता/दर्शक को राष्ट्रीय तथा प्रादेशिक समाचारों के विषय में सन्तोष हो सकता है। ग्रामों तथा कस्बों में समाचारों के विषयों में उसका सन्तोष ग्रामीण तथा कस्बाई संवाददाताओं द्वारा प्रेषित समाचारों से ही होता है।

ग्रामीण, कस्बाई तथा आंचलिक केन्द्रों के संवाददाताओं द्वारा काफी सराहनीय कार्य किया जा रहा है। आज समाचार-पत्र जमाने के साथ चल रहे हैं। समाचारों के क्षेत्र में अनेक नई दिशाएँ जुड़ गई हैं।

पत्रकारिता का देश के अनेक विश्वविद्यालयों में अब पाठ्यक्रम बन गया है। माखनलाल चतुर्वेदी राष्ट्रीय पत्रकारिता विश्वविद्यालय की स्थापना से तो पत्रकारिता के विकास के लिए नई दिशाएँ खोल दी गई हैं।

समाचार-पत्रों के तकनीकी कार्यों के प्रशिक्षण की आज व्यवस्था है। वैसे यह जरूरी है कि पत्रकार को चाहे वह किसी भी केन्द्र में कार्य करता हो, सीखने के लिए सदैव तैयार रहना चाहिए।

आंचलिक संवाददाताओं के लिए भी यह आवश्यक है कि वे आज के

जमाने के साथ चलें। इस दृष्टि से यह आवश्यक है कि किसी न किसी रूप में आंचलिक संवाददाता को भी प्रशिक्षण का अवसर दिया जाए। वर्तमान सन्दर्भ में आंचलिक संवाददाताओं की बढ़ती जिम्मेदारियों के कारण उनका समुचित प्रशिक्षण आवश्यक हो गया है।

2

समय का महत्त्व

आंचलिक संवाददाता के समाचार संकलन के कार्य का कोई समय निर्धारण करना बहुत कठिन है। प्रातःकाल से देर रात्रि तक किसी भी समय कोई घटना हो, उसे उसका समाचार प्राप्त कर प्रेषित करना पड़ता है। समाचार-पत्र द्वारा भी यही अपेक्षा की जाती है, उसका संवाददाता उसके ग्राम, कस्बे अथवा केन्द्र में हुई किसी भी महत्त्वपूर्ण घटना का समाचार उसी दिन तथा शीघ्रातिशीघ्र प्रेषित करे।

आंचलिक केन्द्रों तथा बड़े कस्बों में तो टेलीफोन केन्द्र रहते हैं, किन्तु ग्रामों तथा छोटे कस्बों में टेलीफोन की व्यवस्था उपलब्ध नहीं रहती। उसी दिन समाचार प्रेषित करने के लिए अधिकांश आंचलिक संवाददाता

यात्री-बसों तथा ट्रकों के परिचालकों के हाथों समाचार प्रेषित कर देते हैं। प्रायः अधिकांश बसों तथा ट्रकों के परिचालकों द्वारा यह कार्य कूरियर सेवा के रूप में किया जाता है। जहाँ यह सेवा नहीं रहती वहाँ आंचलिक संवाददाता स्वयं अपने सम्बन्धों के आधार पर यह व्यवस्था कर लेते हैं। कभी-कभी ऐसे उदाहरण भी मिलते हैं, जिनमें बाढ़, दुर्घटना आदि का समाचार फोटो के साथ लेकर 100-150 किलोमीटर की दूरी से स्वयं आंचलिक संवाददाता समाचार-पत्र के कार्यालय में वहाँ की मशीन पर समाचार मुद्रित होने के कुछ ही समय पूर्व पहुँचता है। इस सबके पीछे यही भावना रहती है कि किसी भी प्रकार उसका समाचार उसके पत्र में अन्य पत्रों के पहले पहुँचे तथा उसी दिन छपे।

ग्रामीण तथा कस्बाई संवाददाताओं में समाचारों के प्रकाशन की यह परस्पर प्रतिस्पर्धा सर्वत्र पाई जाती है। यह एक स्वस्थ प्रतिस्पर्धा है।

विषय कैसे चुनें ?

आंचलिक संवाददाता एक तरह से अपने केन्द्र में अपने समाचार-पत्र की आँख तथा कान है, चाहे उसका केन्द्र कस्बा या ग्राम हो। वह जो स्वयं देखता है अथवा सुनता है, उसी से उसे अपना समाचार बनाना है। रोजमर्रा की घटनाओं के समाचार तो हर संवाददाता सदैव बनाता ही रहता है। जैसे नेताओं की आमसभा, मारपीट, छोटे-मोटे प्रेस वक्तव्य, चोरी या आपराधिक घटनाएँ, आदि।

आज ग्रामीण तथा कस्बाई क्षेत्रों के विषय में पाठक ऐसे समाचार पढ़ने के उत्सुक रहते हैं, जिनका ग्रामीण तथा कस्बे के बाहर भी प्रभाव पड़ता है।

ग्राम तथा कस्बे की अर्थव्यवस्था का मुख्य अंग है, कृषि। देश की बहुसंख्यक जनता आज के औद्योगिक युग में भी कृषि पर ही निर्भर है। शहरों के बड़े व्यापारियों, उद्योगपतियों आदि द्वारा भी शहरों के निकट अपने कृषि फार्म बनाए गए हैं। देश की सामान्य जनता की अर्थव्यवस्था पर ग्रामों तथा कस्बों की कृषि फसलों के उत्पादन का असर पड़ता है।

समाचार-पत्रों में कई बार कृषि-विशेषज्ञ तथा अधिकारी कृषि की स्थिति पर लेख फीचर आदि लिखते रहते हैं, किन्तु कृषि की विभिन्न स्थानों पर वास्तविक स्थिति क्या है, इसका आँखों-देखा आकलन मौके पर उपस्थित संवाददाता ही कर सकता है।

उदाहरण के तौर पर, रायपुर में एक ग्राम है दुलारपाली। कुछ वर्ष पूर्व वह धान की खेती की दृष्टि से आदर्श ग्राम माना जाता था। उन दिनों दीवाली के कुछ ही दिवस पूर्व धान कटाई के पहले जिला प्रशासन द्वारा समाचार समितियों, राष्ट्रीय तथा रायपुर के पत्रों के पत्रकारों को दुलारपाली की यात्रा करवाई गई। धान के ऊँचे पौधे बता रहे थे कि धान का उत्पादन बढ़िया (बम्पर) रहेगा। सभी समाचार-पत्रों में दूसरे दिन चित्रों सहित दुलारपाली की फसल की सराहना के साथ बड़े-बड़े समाचार प्रकाशित हुए।

लेकिन सभी बड़े-बड़े समाचारों पर पानी फिर गया, दुलारपाली के संवाददाता के एक छोटे से समाचार से। जिस दिन रायपुर गए संवाददाता लौटे थे, उसी दिन मध्यरात्रि के पश्चात् दुलारपाली में अनपेक्षित रूप से भारी वर्षा हुई। दुलारपाली के ग्रामीण संवाददाता द्वारा समाचार दिया गया कि वर्षा दो घंटे से भी अधिक समय तक होती रही तथा उसने पके धान के पौधों को गिराकर नष्ट कर दिया। वर्षा के साथ तेज हवा भी थी। यह तो संयोग ही था कि यह वर्षा दुलारपाली तथा उसके आसपास कुछ ग्रामों तक ही सीमित थी।

कृषि एक बहुत ही व्यापक विषय है तथा उसके ऐसे अनेक पक्ष हैं जिन्हें ग्रामीण तथा कस्बाई संवाददाता अपने समाचार-संकलन का विषय बना सकते हैं।

सर्वप्रथम संवाददाता को इस विषय में सतर्क रहना पड़ेगा कि फसल की बोआई के समय कैसी स्थिति थी—अनुकूल अथवा प्रतिकूल। खरीफ, रबी तथा अन्य नकद फसलों जैसे गन्ना, मूँगफली, विभिन्न फल आदि के बीज, पानी, बोआई की पद्धति अलग-अलग रहती है। प्रायः शत-प्रतिशत ग्रामीण तथा कस्बाई संवाददाताओं को अपने अंचल की फसल के विषय में विस्तृत जानकारी रहती है और रहनी भी चाहिए।

फसलों के लिए शासन तथा सहकारी संस्थाओं द्वारा कर्ज, अनुदान, सस्ती कीमतों पर बीज, उर्वरक, कीटनाशक दवाइयाँ आदि दिए जाते हैं। संवाददाताओं के लिए यह एक अच्छे समाचार का विषय हो सकते हैं कि शासन तथा सहकारी संस्थाओं द्वारा स्वीकृत यह सुविधाएँ निर्धारित मात्रा में, उचित पात्रों को ठीक समय पर पहुँची या नहीं ?

सभी फसलों के लिए बोआई के पश्चात् निर्धारित प्रक्रिया रहती है। उर्वरकों का प्रयोग, कीटनाशक दवाइयों का छिड़काव, फसल की सुरक्षा इत्यादि अनेक कार्य विभिन्न स्तरों पर करने पड़ते हैं। ग्रामीण तथा कस्बाई संवाददाता इन सभी बातों से परिचित रहते हैं। यदि विभिन्न प्रक्रिया चलती रही तथा उनके लिए परिस्थितियाँ, मौसम आदि अनुकूल रहे, तो सब ठीक चलता है और संवाददाता इन पर सामान्य ढंग से समाचार प्रेषित कर सकता है।

ग्रामीण तथा कस्बाई संवाददाताओं से पाठकों से अपेक्षा यह रहती है कि इन प्रक्रियाओं में किसी भी कार्य में, किसी भी प्रकार की गड़बड़ी होने पर, वह उसका विवरण प्रस्तुत करे। इन संवाददाता बन्धुओं से सामान्य पाठक यह आशा करता है कि वे उसे अपने समाचार से यह भी समझाएँ कि क्या किया जाता था, क्या किया गया तथा गड़बड़ी क्या हुई और आगे उसका क्या प्रभाव पड़ेगा ?

समाचार-पत्रों के पाठक, गाँवों तथा शहरों और सभी व्यवसायों के लोग होते हैं, जिनका ग्रामीण जीवन या कृषि से किसी भी प्रकार का सम्बन्ध नहीं रहता। ऐसे अधिकांश पाठक फसलों की विभिन्न प्रक्रियाओं के विषय में नहीं जानते। उनकी रुचि का विषय यही रहता है कि फसल कैसी हो रही है—बढ़िया, सामान्य या चौपट, क्योंकि इसका सीधा प्रभाव राष्ट्रीय अर्थव्यवस्था पर पड़ता है।

कृषि से ही सिंचाई सम्बन्धित है। यह सच है कि काफी भारी मात्रा में फसलों की सिंचाई वर्षा पर ही निर्भर रहती है, किन्तु इसके साथ ही साथ बहुत से स्थानों पर विद्युत, डीजल आदि के पम्प लगाकर भू-जल का उपयोग किया जाता है। इस पर भी ध्यान रखना जरूरी है कि कृषकों को

समय पर बिजली मिल रही है या नहीं ? अनेक ग्रामीण संवाददाताओं ने यह तथ्य उजागर किया था कि विद्युत मंडल द्वारा कृषकों से सिंचाई के लिए विद्युत देने के लिए अग्रिम सुरक्षा राशि लेने के पश्चात् भी ग्रामों में विद्युत वितरण के लिए लाइनें ही नहीं लगाई गई थीं। कई बार आंचलिक पत्रों में ऐसे समाचार आते रहते हैं कि अमुक ग्राम में किसानों से नहर का पानी देने के लिए आवश्यक सिंचाई-शुल्क लेने के पश्चात् भी वहाँ नहर से पानी नहीं दिया गया।

ग्रामीण तथा कस्बाई संवाददाताओं के इस विषय में प्रकाशित समाचारों की ओर उच्च प्रशासनिक अधिकारियों का ध्यान आकर्षित होता है तथा उस पर सम्बन्धित कृषकों को राहत दिलाने का प्रयत्न भी किया जाता है।

ग्रामीण तथा कस्बाई संवाददाता की थोड़ी-सी सतर्कता से समाचार-पत्रों के पाठकों को कृषि समाचार सही रूप में मिल जाते हैं। विशेषज्ञ भी ग्रामीण संवाददाताओं के समाचारों के अनुसार अपने निष्कर्ष ठोस आधार पर निकाल सकते हैं।

ग्रामीण तथा कस्बाई संवाददाता द्वारा अपने समाचारों से कृषकों की एक बड़ी सहायता की जा सकती है। बैंकों द्वारा कर्ज देने में अथवा शासकीय तकाबी वितरण में होनेवाला कथित भ्रष्टाचार देशव्यापी बीमारी है। अपने ग्राम तथा कस्बे में इसका तथ्यपूर्ण भांडाफोड़ कर उसमें काफी रोकथाम की जा सकती है।

एक कस्बे में तकाबी का वितरण किया गया। वहाँ के संवाददाता द्वारा पहले दिन का आँखों-देखा विवरण पत्रों में प्रकाशित हुआ। दूसरे दिन उसी कस्बे में तथा अन्य स्थानों पर उच्चाधिकारियों द्वारा अपनी उपस्थिति में तकाबी वितरित करवाई गई। यहाँ किसी पर आक्षेप करना इन पंक्तियों के लेखक का उद्देश्य नहीं है, किन्तु कहना पड़ेगा कि उक्त कस्बाई संवाददाता की सतर्कता के कारण दूसरे दिन से तकाबी का वितरण भलीभाँति हुआ।

कृषि विश्वविद्यालय, कृषि विभाग तथा अन्य संस्थाओं द्वारा विभिन्न

फसलों की पैदावार बढ़ाने के लिए विभिन्न प्रयोग किए जाते हैं तथा इनके प्रचार के लिए प्रदर्शन फार्म लगाए जाते हैं। इन प्रयोगों के प्रति कृषकों की कितनी रुचि है, प्रयोग व्यवहारिक है या नहीं, कृषक उसे वैसा ही अपनाना चाहते हैं या उसमें कुछ संशोधन चाहते हैं इत्यादि तथ्यों को संवाददाता उजागर कर सकते हैं। आर्थिक दृष्टि से कमजोर कृषकों से साक्षात्कार लेकर ये ग्रामीण तथा कस्बाई संवाददाता यह बता सकते हैं कि किसान इन प्रयोगों को अपने लिये लाभप्रद मानता है या नहीं ? इस बात का ध्यान जरूरी है कि यदि वह यह प्रयोग अपनाना चाहता है तो उन्हें तत्काल अपना सकता है या उसके समक्ष कुछ अड़चनें हैं जिनका निदान आवश्यक है।

इस तरह के संवाद-संकलन द्वारा संवाददाता कृषकों के साथ-साथ नए प्रयोग करनेवाले व्यक्तियों तथा संस्थाओं को उचित मार्ग निर्धारित करने में सहायता कर सकता है।

पत्रकारिता का सामान्य नियम यहाँ भी लागू होता है कि समाचारों में सभी पक्ष प्रस्तुत किए जाएँ—पक्ष तथा विपक्ष। किसी प्रयोग या कार्यक्रम के विषय में समाचार-संकलन करते समय कृषकों की शंकाओं के साथ स्थानीय अधिकारियों का जो भी स्पष्टीकरण हो उसे भी प्राप्त कर लेना चाहिए।

3

ग्रामीण सेवाओं पर नजर

ग्रामों में अधिकांश लोग कृषक ही रहते हैं यह ठीक है, किन्तु यह भी सच है कि अन्य पेशों के लोग भी हर गाँव में रहते हैं। हर ग्राम में कुछ नौकरी-पेशा लोग रहते हैं जैसे, शाला के शिक्षक, ग्रामसेवक, पटवारी, कोतवाल, डाक-घर होने पर डाकपाल तथा डाकिया, प्राथमिक चिकित्सा केन्द्र होने पर डॉक्टर, नर्सें तथा अन्य कर्मचारी, कृषि अधिकारी, विद्युत अधिकारी, आदि। इन पर ग्रामीण जनसाधारण को अपने-अपने विभाग से सम्बन्धित सेवाएँ उपलब्ध कराने की जिम्मेदारी रहती है। सामान्यतः यदि यह सेवाएँ ठीक एवं नियमित चल रही हैं तो वह एक रोजमर्रा की बात होती है। इन सेवाओं में यदि कोई गड़बड़ी होती है अथवा अवरोध आता है तो वह

ग्रामीण तथा कस्बाई संवाददाता के लिए समाचार का विषय होता है। जैसे अचानक कभी ऐसा हो कि गाँव में किसी रोग के फैलने पर स्वास्थ्य केन्द्र से उनकी चिकित्सा में असफलता। ऐसे समय निराश ग्रामीणों की शिकायतें ग्राम की चर्चा का विषय हो जाती हैं। ऐसी स्थिति में यह घटना समाचार का विषय तो बनती है। निराश ग्रामीण चिकित्सा प्राप्त नहीं होने के कई कारण बताते हैं—जैसे भ्रष्टाचार, भेदभाव, दवा वितरण में अनियमितता आदि। संवाददाता के लिए ग्रामीणों की शिकायत समाचार के माध्यम से उठाना तो आवश्यक रहता ही है किन्तु यह भी आवश्यक है कि वह स्वयं भी पूरे मामले का आकलन करे।

चिकित्सा-केन्द्र के अधिकारी से ज्ञात हो सकता है कि उक्त रोग की दवाइयाँ केन्द्र में हैं अथवा नहीं। यदि हैं तो वह क्यों वितरित नहीं की गईं अथवा यदि दवाइयाँ समाप्त हो चुकी हैं तो समय पर आई या नहीं ?

एक बार एक ग्राम में आन्त्रशोथ फैल गया। दवाइयाँ ग्रामीणों को वितरित नहीं हो रही थीं। ग्राम के संवाददाता द्वारा यह समाचार प्रकाशित किया गया कि दवाइयाँ एक बड़ी अलमारी में बन्द हैं तथा अलमारी की चाबी जिस कम्पाउंडर के पास है वह पिछले कुछ दिनों से चिकित्सा केन्द्र में आ ही नहीं रहा है।

ग्राम जिस अनुविभाग में आता है वहाँ के अधिकारी ने समाचार-पत्र में उक्त रपट पढ़ने के पश्चात् उक्त ग्राम की यात्रा की। चिकित्सा केन्द्र में उपरोक्त समाचार को सच पाकर उसने स्वयं उक्त अलमारी का ताला तुड़वाया तथा केन्द्र के डॉक्टर को निर्देश दिया कि वह दवाइयों का वितरण करें। ग्राम के संवाददाता की सतर्कता के कारण रोग की रोकथाम हो गई तथा रोगियों की उचित चिकित्सा हो गई। यदि संवाददाता केवल दवाइयाँ वितरित नहीं होने का ही समाचार देता तो पहले अनुविभागीय अधिकारी उसकी जाँच करवाता। पश्चात् कार्रवाई करता किन्तु संवाददाता द्वारा दवाइयाँ वितरित नहीं होने का स्पष्ट कारण दिया गया, जिससे अनुविभागीय अधिकारी भी ग्रामीणों को तत्काल राहत दे सका।

ग्रामीण संवाददाता जब भी ग्रामीण जनता को किसी भी सेवा की

प्राप्ति नहीं होने की शिकायत करते पाता है तो उसके लिए आवश्यक है कि सेवा उपलब्ध नहीं होने का तात्कालिक कारण भी वह ज्ञात करे और उसका अपने समाचार में स्पष्ट उल्लेख करे। इससे समाचार की प्राथमिकता स्पष्ट होगी तथा उसका तत्काल प्रभाव पड़ेगा।

ग्राम में आवश्यक वस्तुओं के उचित मूल्य पर वितरण के लिए शासकीय राशन दुकानें निजी दुकानदारों द्वारा चलाई जाती हैं। कई बार यह दुकानें उपभोक्ता सहकारी समिति द्वारा अपने कर्मचारियों से चलवाई जाती हैं। इन दुकानों का मुख्य कार्य रहता है ग्रामीणों को उनके राशन कार्ड पर शासन द्वारा निर्धारित मूल्य तथा निर्धारित मात्रा में खाद्यान्न, कपड़ा, शक्कर, खाने का तेल आदि की पूर्ति करना। सामग्री का वितरित नहीं किया जाना, निर्धारित मात्रा से कम वितरण अथवा सामग्री में घटियापन समाचार के विषय होते हैं।

एक आदिवासी उपभोक्ता को ग्राम की राशन दुकान से जो गेहूँ प्राप्त हुआ था, उसमें एक से डेढ़ इंच बड़े पत्थर थे। राशन दुकानदार का कथन था कि जो गेहूँ प्राप्त हुआ था, उसमें ही एक से डेढ़ इंच बड़े पत्थर थे।

वह गेहूँ उसे खाद्य निगम के गोदाम से प्राप्त हुआ था।

यह घटना रायपुर जिले की है। जिलाधीश ने समाचार पढ़कर स्वयं उक्त आदिवासी को दिए गए गेहूँ को देखा तथा उसे अच्छा गेहूँ दिलवाया। जिलाधीश द्वारा खाद्य निगम को इस बात के लिए बाध्य किया गया कि वह उस खेप के गेहूँ के सभी बोरे वापिस लेकर अच्छा गेहूँ जिले की सभी राशन दुकानों को वितरित करे। इस प्रकार एक ग्राम के संवाददाता ने उपभोक्ता की समस्या उठाकर पूरे जिले के उपभोक्ताओं की सहायता की। वरना हो सकता था कि सबको पत्थर मिला गेहूँ प्राप्त होता।

उपभोक्ताओं को प्राप्त होनेवाली समस्त सेवाओं तथा सुविधाओं पर जो भी व्यय होता है, वह देश के शासकीय कोष से ही होता है। शासकीय कोष का मुख्य आधार जनता द्वारा पटाया जानेवाला कर ही होता है। यह सुविधाएँ तथा सेवाएँ उपभोक्ता का अधिकार हैं। इनमें किसी भी प्रकार की कटौती या अवरोध समाचार का विषय रहते हैं। ग्रामीण तथा कस्बाई

संवाददाता अपनी थोड़ी-सी सतर्कता से इस दिशा में महत्त्वपूर्ण भूमिका अदा कर सकता है।

प्रत्येक ग्राम में ऐसे भी व्यक्ति रहते हैं जो, ग्रामीणों के लिए मिट्टी के खिलौने, लकड़ी की चीजें, धातु के बर्तन, गहने, कपड़ा आदि बनाते रहते हैं। छोटे ग्रामों में तो यह काम बहुत ही छोटे तथा सीमित आधार पर होता है जबकि बड़े ग्रामों में यह कार्य बड़े रूप में तथा सहकारी आधार पर भी होता है।

यदि सम्बन्धित व्यक्ति अथवा सहकारी समिति द्वारा कभी कोई विशेष या असाधारण सफलता प्राप्त की गई हो तो वह संवाददाता के लिए निश्चय ही रुचि का विषय रहता है। कभी ग्रामीण वस्तुएँ बनानेवाले ऐसा उत्पादन कर देते हैं, जिसकी अपनी विशेषता रहती है, जैसे बड़ी अच्छी गुड़िया, कोई बहुत ही अच्छा खिलौना, कपड़ा, साड़ी, कोसा आदि। कई ग्राम तथा कस्बे तो किसी-किसी चीज के लिए विख्यात ही हो जाते हैं। कभी-कभी ये कारीगर लकड़ी, मिट्टी, धातु, कपड़ा आदि की ऐसी चीजें बनाते हैं जो सर्वथा नए ढंग की होती हैं। ऐसी कोई असाधारण कारीगरी या विशेष सफलता ग्रामीण तथा कस्बाई संवाददाता के लिए समाचार का विषय रहते हैं। ऐसे समाचारों के प्रकाशन से पाठकों को नई जानकारी मिलती है तथा सम्बन्धित कारीगरों को भी मान्यता मिलती है।

एक ग्रामीण कलाकार ने एक बार बहुत सस्ती लागत पर सुन्दर गुड़िया कागज, फूस तथा कपड़े के अनुपयोगी टुकड़ों से बनाई। उस ग्राम के संवाददाता को उसने बताया कि ऐसी गुड़िया बनाने में नाममात्र की लागत लगती है तथा कोई भी युवती अथवा गृहिणी इसको बनाना सीखकर इससे अपनी आमदनी में वृद्धि कर सकती है। उसका यह दावा भी था कि इस गुड़िया का बनाना वह तीन दिनों में सिखा सकता है। उक्त समाचार की ओर एक बैंक के क्षेत्रीय प्रबन्धक का ध्यान गया। बैंक के विकास अधिकारी ने प्रबन्धक के निर्देश पर पहल की। इस युवा ग्रामीण कारीगर को पाँच हजार का कर्ज बैंक ने दिया तथा उस ग्राम की युवतियों तथा महिलाओं के प्रशिक्षण के लिए युवक कारीगर ने प्रशिक्षण कार्य प्रारम्भ

किया। आसपास के ग्रामों की भी अनेक युवतियों तथा महिलाओं ने प्रशिक्षण प्राप्त किया।

आजकल शासन तथा अन्य अनेक संस्थाओं द्वारा असाधारण प्रतिभा के ग्रामीण कारीगरों को पुरस्कृत किया जाता है तथा उनके बाजार व्यवस्था द्वारा निर्मित सामग्री की प्रदर्शनी भी लगाई जाती है। असाधारण प्रतिभा के इन कारीगरों पर दिए अपने संवादों से ग्रामीण तथा कस्बाई संवाददाता उनके लिए मान्यता में सहायक होते हैं।

4

राजनीतिक हलचलें

प्रायः यह कहा जाता है कि समाचार-पत्र राजनैतिक समाचारों को पत्र में अधिकांश जगह देते हैं। सम्भव है कि कुछ अंशों में यह टीका ठीक भी हो, किन्तु यह भी एक ठोस तथ्य है कि राजनीति ऊपर से नीचे तक भारतीय जनजीवन में इतनी अधिक छा गई है कि उसके समाचारों की उपेक्षा भी नहीं की जा सकती। प्रश्न यह नहीं है कि राजनीति का जीवन में बहुत अधिक छा जाना उचित है या अनुचित। संवाददाता के लिए तो यह आवश्यक है कि जो राजनीति आज है, उसे अपने समाचार में उसके वास्तविक रूप में प्रस्तुत करे।

ग्राम तथा कस्बे भी आजकल राजनीति के अखाड़े बन गए हैं। सभी

स्तरों की भाँति ग्राम तथा कस्बों में भी राजनैतिक दलबन्दी तथा दलों की आन्तरिक गुटबन्दी रहती है। राजनैतिक दलों की बैठकें तो समय-समय पर औपचारिक ढंग से होती हैं, जिनमें लिये गए निर्णयों तथा निर्धारित कार्यक्रमों की अधिकृत तौर पर घोषणा की जाती है। इसके समाचार संवाददाता को प्राप्त हो ही जाते हैं। इन समाचारों में रोचकता तब आती है जब उनमें राजनैतिक दलों की बैठकों में हुई आन्तरिक नोंक-झोंक, घात-प्रत्याघात, विवाद आदि का उल्लेख किया जाए।

संवाददाता के लिए अत्यन्त आवश्यक है कि दलबन्दी तथा गुटबन्दी से प्रभावित नहीं हो। उसे इन बैठकों के अथवा दलबन्दी तथा गुटबन्दी के किसी भी प्रकार के समाचार देते समय यह सतर्कता तो रखनी ही चाहिए कि समाचार रोचक तथा पठनीय होने के साथ ही किसी दल विशेष या गुट विशेष की स्तुति या निन्दा करनेवाला नहीं रहे।

ग्रामों तथा कस्बों के राजनीतिक नेता अपनी दलीय बैठकों के अतिरिक्त अन्य गतिविधियों में भी सक्रिय रहते हैं। प्रायः नित्य विभिन्न गुटों के लोग आपस में मिलते रहते हैं। उनके विचार-विमर्श का विषय राष्ट्रीय तथा प्रादेशिक से लेकर उनके ग्राम की घटनाएँ तथा हलचलें भी रहती हैं। ग्रामीण तथा कस्बाई संवाददाता के लिए यह तो सम्भव नहीं रहता कि वह प्रतिदिन विभिन्न दलों तथा गुटों के नेताओं से मिले, क्योंकि यह संवाददाता पूर्णकालीन पत्रकार नहीं रहता। संवाददाता को अपनी व्यवहार कुशलता से सबकी इतनी सद्भावना तथा विश्वास प्राप्त करना पड़ता है कि कोई भी विशेष घटना घटे तो उसे उसका संवाद तुरन्त मिल जाए।

ग्रामीण तथा कस्बे के संवाददाताओं में अनेक ऐसे भी रहते हैं, जो स्वयं किसी न किसी राजनैतिक दल के सदस्य रहते हैं तथा गुटबाजी में लिप्त रहते हैं। उन्हें यह सलाह तो नहीं दी जा सकती कि वे दलबन्दी या गुटबाजी से पृथक हो जाएँ लेकिन संवाददाता होने के नाते उनसे यह अपेक्षा तो की जा सकती है कि वे अपने समाचारों को अपने दलीय तथा गुटीय दृष्टिकोण से मुक्त रखें तथा अपने विपक्षी दल या गुट के समाचारों

को भी पर्याप्त स्थान अपने समाचारों में दें।

ग्रामीण तथा कस्बाई संवाददाता को राष्ट्रीय तथा प्रादेशिक घटनाचक्र के साथ ही साथ अपने अंचल, सम्भाग तथा जिले के घटनाचक्र के प्रति पूर्णतः जागरूक रहना पड़ता है। किसी निर्णय की घोषणा, कोई आन्दोलन, जनजीवन को प्रभावित करनेवाली कोई घटना, कोई प्राकृतिक प्रकोप, दुर्घटना, संक्रामक रोग का फैलना आदि। इन घटनाओं पर सत्तारूढ़ दल तथा विरोधी दल के प्रमुख नेताओं की तत्काल प्रतिक्रिया प्राप्त कर उसी दिन संक्षिप्त समाचार प्रेषित करना संवाददाता की जागरूकता प्रदर्शित करता है।

राजीव गांधी की हत्या समूचे भारत के लिए एक जबर्दस्त आघात था। भारत के हर नगर, कस्बे तथा ग्राम में उसकी प्रतिक्रिया हुई थी। मोटे तौर पर कस्बाई तथा ग्रामीण संवाददाताओं द्वारा राजीव गांधी की हत्या पर जनसाधारण पर हुई प्रतिक्रिया के समाचार तत्परतापूर्वक दिए गए थे।

किसी भी राष्ट्रीय या प्रादेशिक नेता के निधन पर उस गाँव या कस्बे में हुई शोकसभा में दी जानेवाली श्रद्धांजलि अथवा शोकसभा न होने पर विभिन्न दलों के प्रमुख नेताओं के शोक सन्देश संवाददाता के लिए समाचार होते हैं। यदि नेता ने कभी पूर्व में ग्राम या कस्बे की यात्रा की हो तो तब की कोई घटना भी समाचार को रोचक बनाती है।

खेलकूद

समाचार-पत्रों में अब खेल-कूद के समाचारों को काफी महत्त्व दिया जा रहा है। अनेक साप्ताहिक तथा पाक्षिक-पत्र तो केवल खेलकूद के ही समाचार प्रकाशित करते हैं। अब ग्रामों में नगरों के प्रायः सभी खेल पहुँच चुके हैं। इस दृष्टि से यह विशेष उल्लेखनीय है कि ग्रामों की अपनी विशेषता मूलतः भारतीय खेलकूद—कबड्डी, खो-खो, भाला फेंक आदि आज भी ग्रामों में छाए हुए हैं। आदिवासी ग्रामों तथा कस्बों में तीरन्दाजी प्रतियोगिता आयोजित की जाती है। प्रतिवर्ष ग्रामों में तथा अनेक नगरों में भी कुश्ती तथा दंगल का आयोजन होता है। तैराकी तो ग्रामीणों में क्रीड़ा का प्रायः

अनिवार्य हिस्सा हो गई है। इसी तरह लम्बी दौड़ तथा अन्य कई खेलकूद ग्रामों में होते रहते हैं। वैसे आजकल ग्रामीण युवक भारतीय खेलों के साथ-साथ फुटबाल, क्रिकेट, हॉकी आदि में भी दक्ष होते जा रहे हैं। ग्रामों तथा कस्बों के अनेक युवक खेलकूदों में अच्छी प्रतिभा रखते हैं। कभी-कभी उनका चयन प्रादेशिक तथा राष्ट्रीय प्रतियोगिताओं के लिए भी होता है।

ग्रामीण संवाददाता अपने ग्राम अथवा कस्बे के खेलकूद के समाचार देते ही रहते हैं। इन समाचारों के संकलन में भी उन्हें प्रतिभाशाली खिलाड़ियों का ध्यान रखना चाहिए। विशेष प्रतिभा तो स्वाभाविक तौर पर ही किसी-किसी में रहती है किन्तु ग्रामीण तथा कस्बाई संवाददाता उसे अच्छी तरह उभार सकते हैं।

समाचार-पत्रों के खेलकूद के समाचारों के पाठक नगर तथा ग्राम दोनों के समाचार पढ़ने की उत्सुकता रखते हैं। अतः यह स्पष्ट है कि ग्रामीण खेलों के समाचारों का भी अपना महत्त्व रहता है।

5

खबरों में सन्तुलन

ग्रामों तथा कस्बों में अभी भी लोगों के परस्पर सम्बन्धों में औपचारिकता उतनी अधिक नहीं छाई है जितनी नगरों तथा महानगरों में छाई हुई है। ग्रामीण तथा कस्बाई संवाददाताओं के लिए यह आवश्यक है कि सफलतापूर्वक समाचार संकलन करने के लिए वह ग्राम की अलग पहचान बनाए। उसे शासकीय तथा अशासकीय दोनों ही क्षेत्रों के प्रमुख व्यक्तियों से सम्पर्क रखना पड़ता है।

ग्रामों में दलबन्दी तथा गुटबन्दी की जड़ें गहरी होती जा रही हैं। यदि संवाददाता किसी भी दल या गुट में नहीं है, तब उसे सबके समाचार प्राप्त करने में सुविधा रहती है। यदि वह किसी राजनैतिक दल से तथा उसकी

गुटबन्दी से सम्बन्धित है, तो स्पष्टवादिता से काम लेना पड़ेगा। अपने दल तथा गुट के कर्णधारों को उसे स्पष्ट कर देना चाहिए कि विरोधी दल अथवा गुट के लोगों से उसके मिलने-जुलने का तथा चर्चा का उसकी राजनीति और राजनैतिक जीवन से कोई सम्बन्ध नहीं है।

अपने विरोधी दल तथा गुट के कर्णधारों को भी यह स्पष्ट आश्वासन दे देना चाहिए कि उसे प्राप्त किसी भी सूचना तथा समाचार का उपयोग वह अपने समाचार-पत्र के लिए ही करेगा। उन्हें भी उसे यह स्पष्ट कर देना चाहिए कि वह जो कार्य संवाददाता के रूप में करता है, उसका उसके राजनीतिक जीवन से कोई सम्बन्ध नहीं है। ऐसी मौखिक स्पष्टवादिता तथा आश्वासनों को प्रत्यक्ष आचरण में भी अपनाकर संवाददाता अपनी प्रामाणिकता प्रमाणित कर सकता है।

संवाददाता अगर सत्ताधारी दल का सदस्य है तो सत्ताधारी दल की गतिविधियों, हलचलों आदि के समाचार तो वह सामान्य तौर पर देगा ही। सत्ताधारी दल के ही किसी मन्त्री या प्रमुख व्यक्ति की किसी बात पर विरोधी दल अथवा दल के लोग आलोचना करते हैं, काले झंडे दिखाकर प्रदर्शन करते हैं अथवा उसकी आमसभा भंग करते हैं, इसके भी समाचार उसे देना चाहिए। संवाददाता की प्रामाणिकता ऐसे ही समय परखी जाती है, विशेषतः जब वह सत्ताधारी दल का सदस्य है। इसके सर्वथा विपरीत वही संवाददाता विरोधी दल अथवा गुट का भी सदस्य हो सकता है। चाहे संवाददाता किसी भी दल अथवा गुट का सदस्य हो समाचार-प्रेषण में उसकी भूमिका एक तटस्थ दर्शक की ही रहनी चाहिए। अच्छा तो यह रहेगा कि दोनों ही पक्षों के अधिकृत प्रवक्ताओं से घटना के सम्बन्ध में उनके अधिकृत तथ्य प्राप्त कर ले। वैसे सामान्यतः आदर्श स्थिति तो वही मानी जाती है कि संवाददाता राजनीतिक दल तथा गुटबाजी से पृथक् ही रहे। पूर्णकालिक पत्रकारों से तो ऐसी अपेक्षा की ही जाती है। ग्रामीण तथा कस्बाई संवाददाता अंशकालिक संवाददाता रहते हैं। यदि वे किसी राजनैतिक दलबन्दी अथवा गुटबन्दी में रहते हैं तो उनसे यह अपेक्षा की भी नहीं जा सकती कि वे उससे पृथक् हो जाएँ।

इस दृष्टि से संवाददाता के सामाजिक सम्बन्ध पर उसकी सफलता निर्भर रहती है। संवाददाता के लिए यह आवश्यक रहता है कि अपने समाचार सूत्रों (व्यक्तियों) के सुख-दुख में आत्मीय भावना से सम्मिलित होकर उनमें अपने प्रति विश्वास की भावना पैदा करे।

समाचार-संकलन के लिए यह आवश्यक है कि संवाददाता का सम्बन्ध उसके ग्राम अथवा अंचल के समस्त क्षेत्रों (शासकीय तथा अशासकीय) के विभिन्न स्तरों पर अधिकाधिक लोगों से हो। आवश्यकतानुसार उसकी भेंट इन व्यक्तियों से रोज, या समय-समय पर नियमित रूप से होती रहनी चाहिए। संवाददाता यदि अपनी यह छवि बना सके कि वह किसी के विश्वास का अनुचित उपयोग नहीं करता, तो उसे समाचार प्राप्त होने में कोई कठिनाई नहीं होती।

कई बार शासकीय अधिकारी तथा राजनैतिक नेतागण संवाददाताओं को अनेक तथ्य बताते हुए यह निवेदन करते हैं कि उक्त तथ्य उनके नाम से, अथवा उनके वक्तव्य के रूप में प्रकाशित नहीं किए जाएँ। यदि तथ्यों में कुछ तत्त्व संवाददाता को समाचार प्रसारण के योग्य जँचते हैं तो वह उनका उपयोग करे, किन्तु तथ्य देनेवाले सूत्र का विश्वास बनाए रखे, अर्थात् नाम का किसी भी प्रकार से उल्लेख नहीं करे।

संवाददाता के लिए यह आवश्यक रहता है कि वह यह भलीभाँति समझ ले कि जिस पत्र के लिए वह कार्य करता है, उस पत्र की नीति क्या है—दक्षिणपन्थी, वामपन्थी या मध्यमार्गी, यथास्थितिवादी अथवा परिवर्तनवादी, सुधारवादी आदि। पत्र की नीति के अनुरूप अधिकाधिक समाचार संवाददाता को देना ही चाहिए। समाचार-पत्र की अपेक्षा भी अपने संवाददाता से यही रहती है। इसके अतिरिक्त उक्त नीति के विरोधी पक्ष से भी सम्बन्धित समाचार देना उचित रहता है। भारत की विभिन्न भाषाओं के अधिकांश आंचलिक पत्रों द्वारा आजकल समाचार प्रकाशन में उदारतापूर्वक इस नीति का पालन किया जाता है। वे अपनी नीति-समर्थक तथा विरोधी दोनों पक्षों के समाचार देते हैं। जिन समाचारों का सीधे नीति से सम्बन्ध हो उसके प्रेषण में भी संवाददाता को मात्र तथ्यों का उल्लेख

करना चाहिए।

ग्राम या कस्बे में कभी कोई प्रमुख नेता का भाषण होता है, जिसमें वह विशेष नीति का समर्थन या विरोध करता है या कई बार कुछ नेता श्रोताओं के प्रश्न का उत्तर देते हैं तब संवाददाता को वक्ता का कथन ज्यों का त्यों बिना किसी तोड़-मोड़ के समाचार में देना चाहिए।

कभी-कभी कुछ संवाददाता अपने पत्र द्वारा समर्थित नीति के विरोधी पक्ष के नेता के भाषण के वाक्यांश इधर-उधर से जोड़कर यह बताने की कोशिश करते हैं कि उपरोक्त नेता का भाषण निरर्थक था। पक्ष या विपक्ष के भाषण की व्याख्या करने का यह कार्य संवाददाता को नहीं करना चाहिए। समाचार तथ्यपूर्ण ही रहना चाहिए। उनकी व्याख्या का अधिकार तथा क्षेत्र तो सम्पादक और अग्रलेख लिखनेवालों का रहता है।

भारत के समाचार-पत्र तो अब व्यवहार में भी पूर्णतः प्रजातान्त्रिक हो गए हैं। समाचार-पत्र स्वयं की भी आलोचना सहर्ष प्रकाशित करते हैं। सम्पादकों के नाम पाठकों के अधिकांश पत्रों में सम्पादकीय विचारों की टीका ही रहती है। आंचलिक संवाददाता को भी अपनी सीमा में रहते हुए समाचार-पत्रों के इस रवैये का लाभ उठाना चाहिए। अपनी नीति के अनुकूल सामग्री प्रस्तुत करने के लिए समाचार-पत्र अग्रलेख, सम्पादकीय टीका-टिप्पणियों, विशेष लेखों, फीचरों आदि का उपयोग करते हैं।

सन् 1991 के बजट पर सभी राष्ट्रीय, प्रादेशिक तथा आंचलिक समाचार-पत्रों ने उसके समर्थन तथा विरोध में सम्पादकीय लेख, अपने स्तम्भ-लेखकों तथा विशेषज्ञों के लेख प्रकाशित किए। साथ ही साथ यह समाचार भी प्रस्तुत किए गए कि बजट का बाजार भावों पर क्या प्रभाव पड़ा तथा जनसाधारण में इसकी क्या प्रतिक्रिया हुई ? आंचलिक पत्रों के ग्राम-ग्राम में फैले संवाददाताओं ने ग्रामीण, आर्थिक, सामाजिक जीवन पर बजट के सीधे प्रभाव पर अच्छे समाचार प्रेषित किए।

ग्रामीणों तथा कस्बों के अनेक संवाददाताओं ने उर्वरकों के बजट-पूर्व मूल्य तथा बजट की घोषणा के पश्चात् के मूल्य प्रकाशित कर यह तथ्य उजागर किया कि व्यापारी उर्वरकों का पुराना स्टॉक भी मूल्य बढ़ाकर बेच

रहे हैं।

इसका तत्काल प्रभाव यह हुआ कि विभिन्न जिलों में प्रशासन द्वारा उर्वरकों के गोदाम सील कर यह व्यवस्था की गई कि समूचा पुराना स्टाक पुराने मूल्यों पर ही शासकीय अधिकारियों की उपस्थिति में बिके।

6

सांस्कृतिक पक्ष

ग्रामीण जीवन का सांस्कृतिक पक्ष बहुत ही समृद्ध है। सांस्कृतिक हलचलों में नाटक, नौटंकी, लोक-नृत्य, लोक-गीत, लोक-संगीत, लोक-वाद्य-वादन, सामूहिक उत्सव मनाना आदि सभी आते हैं।

एक विशेषता ग्रामों में यह रही है कि वहाँ ग्रामीण उत्सवों में सभी धर्मों तथा सम्प्रदाय के लोग सम्मिलित होते हैं, जैसे गणेश उत्सव, दशहरा आदि में मुसलमानों का सम्मिलित होना तथा ईद, मोहर्रम में हिन्दुओं का सम्मिलित होना। गाँवों में समस्त उत्सवों तथा शुभ अवसरों में नृत्य तथा गीत सम्मिलित होते हैं। इन कार्यक्रमों में बच्चों से लेकर सभी आयु के लोग हिस्सा लेते हैं।

ग्रामीण जीवन का यह सांस्कृतिक पक्ष आदिवासी क्षेत्रों में और भी अधिक मजबूत रहता है। इन कार्यक्रमों में सम्मिलित होनेवाले ग्रामीणों की कोई विधिवत् ट्रेनिंग नहीं होती तथा प्रायः इन पर कोई साहित्य ग्रामों में उपलब्ध नहीं रहता है। दीवाली में 'नाचा' करनेवाले ग्रामीण समूहों में छोटी आयु के बच्चे भी सम्मिलित रहते हैं। इस 'नाचा' पर प्रकाशित समाचारों के आधार पर दिल्ली आदि की सांस्कृतिक संस्थाओं के कर्णधारों ने छत्तीसगढ़ के ग्रामों में स्वयं 'नाचा' के कार्यक्रम देखे तथा प्रतिभाशाली कलाकारों का चयन किया। इन कलाकारों ने दिल्ली की सांस्कृतिक संस्थाओं द्वारा आयोजित देश के विभिन्न नगरों के साथ ही साथ विदेश में भी अपने कार्यक्रम प्रस्तुत किए।

वर्तमान सन्दर्भ में गाँव तथा कस्बे के संवाददाता का कार्य केवल सांस्कृतिक कार्यक्रमों के समाचार देना मात्र ही नहीं रह जाता, अपितु उन कार्यक्रमों में कोई कलाकार कोई नया प्रयोग कर रहा हो, तो उसे भी प्रकाश में लाने का उत्तरदायित्व भी ग्रामीण संवाददाता का ही रहता है। ग्रामीण तथा कस्बाई संवाददाता समाचार तो प्रेषित करता ही है किन्तु उसे प्रायः इतनी सामग्री उपलब्ध रहती है कि वह एक स्वतन्त्र न्यूज फीचर या लेख तैयार कर सकता है।

कई बार ग्रामीण कलाकार रंगमंच पर कोई नया प्रयोग करते हैं अथवा स्वयं किसी गीत, लोकगीत, नृत्य आदि को अपनाते हैं। पुरानी धार्मिक कथाओं पर कोई कार्यक्रम प्रस्तुत करते हैं, जो उस अंचल के लिए सर्वथा नवीन होते हैं। अपने समाचार में इनका विस्तारपूर्वक उल्लेख कर अथवा उक्त प्रयोग पर एक स्वतन्त्र फीचर लिखकर उक्त नवीन प्रयोग को चर्चा का विषय बनाया जा सकता है।

ग्रामों में भित्ति-चित्र तथा पहाड़ी ग्रामों में शैल-चित्र लोकप्रिय रहते हैं। यह भी संवाददाता के लिए समाचार के विषय हो सकते हैं। आजकल अनेकों ऐसी संस्थाएँ हो गई हैं जो भित्ति-चित्र, शैल-चित्र आदि के विकास के लिए छात्रवृत्ति, अनुदान आदि देती हैं। संस्थाएँ कभी-कभी उच्च प्रशिक्षण के लिए प्रतिभाशाली कलाकारों को सहायता देती हैं। ग्रामीण तथा

कस्बाई संवाददाता भित्ति-चित्र तथा शैल-चित्र के प्रतिभाशाली कलाकारों को सामने ला सकते हैं तथा उनके भविष्य के निर्माण में सहायक सिद्ध हो सकते हैं।

नगरों में रंगमंच तथा अन्य सांस्कृतिक क्षेत्रों के कलाकारों को प्रोत्साहन देने के लिए अनेक संस्थाएँ रहती हैं जो अपने सदस्य कलाकारों के कार्यक्रम आयोजित करती हैं। गणेशोत्सव, दुर्गा-पूजा आदि के अवसरों पर शहरों में अनेक संस्थाएँ अपने कलाकार सदस्यों के कार्यक्रम आयोजित करती हैं जिनमें कलाकारों की अच्छी आमदनी भी होती है तथा अच्छा प्रचार भी होता है। ग्रामों में ग्राम के तथा नगरों के बाहर किसी भी प्रतिभाशाली कलाकार को चाहे वह रंगमंचीय कलाकार हो या नर्तक, संगीतज्ञ, चित्रकार कुछ भी हो, ग्राम या इलाके के बाहर प्रचार के लिए उसे अपने ग्राम अथवा अपने कस्बे के संवाददाता पर ही निर्भर रहना पड़ता है। ग्रामीण कलाकारों, ग्रामीण कारीगरों आदि का बाहरी क्षेत्र को परिचय आंचलिक संवाददाता के समाचारों से ही होता है।

पंडवानी (महाभारत की कथा) कहनेवाली छत्तीसगढ़ की सुप्रसिद्ध कलाकार तीजनबाई अब विश्व प्रसिद्ध कलाकार हो गई है। उनका प्रारम्भिक प्रचार ग्रामीण संवाददाताओं द्वारा ही अपने समाचारों द्वारा किया गया। इन ग्रामीण समाचारों के आधार पर ही प्रादेशिक तथा राष्ट्रीय समाचार-पत्रों तथा मीडिया के अन्य साधनों से उनका परिचय हो सका तथा अब तो वे विश्व प्रसिद्ध कलाकार हैं। इस दृष्टि से सचमुच ग्रामीण संवाददाताओं की भूमिका प्रशंसनीय रही है।

7

सामाजिक पक्ष

ग्रामीण जीवन का एक महत्त्वपूर्ण पक्ष है, वहाँ का सांस्कृतिक तथा सामाजिक जीवन। आज महानगरों तथा बड़े नगरों के सामाजिक तथा सांस्कृतिक जीवन में दिखावा एवं औपचारिकता की प्रवृत्ति बढ़ती जा रही है, किन्तु ग्रामीण जीवन में आज भी आत्मीयता तथा स्वाभाविकता कायम है।

ग्रामीण आबादी में कृषकों का प्रतिशत अधिक रहता है। ग्रामीण जीवन में राजनैतिक दलबन्दी तथा गुटबाजी का प्रभाव जरूर पड़ा है। अब तो ग्राम पंचायत के चुनावों में भी गुटबाजी छाई रहती है। कई बार इसके घातक परिणाम भी होते हैं। इस सबके बाद भी गाँव की परम्परागत

बिरादरी अथवा सामाजिक पंचायत का दबदबा बना हुआ है।

ग्राम पंचायतों के निर्णय तथा उनके क्रियान्वयन आदि पर राजनैतिक दलबन्दी तथा राजनैतिक दलों की गुटबाजी का प्रभाव रहता है। इनका समाचार संकलन ग्रामीण तथा कस्बाई संवाददाता सामान्य घटनाओं की भाँति करते हैं। ग्राम पंचायतों की बैठकें रोजमर्रा की घटनाओं की भाँति ही रहती हैं। सतर्क संवाददाता द्वारा इसमें यह ध्यान रखा जाता है कि उसके समाचार में पक्ष तथा विपक्ष दोनों के साथ न्याय किया गया हो।

कभी-कभी विधिवत् चुनी इन ग्राम पंचायतों द्वारा ऐसे निर्णय लिए जाते हैं जिनमें संवाददाता को अच्छा समाचार मिल जाता है। ग्राम में पीने के पानी के वितरण में लोक स्वास्थ्य यान्त्रिकी विभाग की असफलता पर प्रस्ताव पारित करना एक सामान्य तथा स्वाभाविक घटना है। इस प्रस्ताव के साथ ही साथ विरोध व्यक्त करने के लिए कुछ विशेष कार्यवाही करना, जैसे शासकीय अधिकारियों अथवा सत्ता दल के पदाधिकारियों का ग्राम में प्रवेश रोकना, ग्राम में बन्द कराना या गाँव से लगी मुख्य सड़क पर चक्का जाम करना आदि विशेष घटनाएँ हैं।

विशेष घटना का समाचार बनाते समय संवाददाता को ठोस तथ्यों का अधिकाधिक उल्लेख करना चाहिए। इसके लिए यह आवश्यक है कि संवाददाता यह तथ्य जुटाए कि गाँव में जल वितरण की योजना कितने वर्षों पूर्व चली है या कि कोई नई योजना है। पुरानी योजना है तो पिछले वर्षों वह ठीक चली या पहले से ही त्रुटिपूर्ण है। उस योजना के अन्तर्गत कितने सार्वजनिक नलकूप अथवा सार्वजनिक नल लगाने का लक्ष्य था तथा कितनी सफलता मिली है ? योजना में निजी नल लगाने का कोई प्रावधान है अथवा नहीं ? यदि है तो उसका लक्ष्य तथा सफलता योजना की निर्धारित लागत तथा उस पर हुआ वास्तविक व्यय कितना है ? व्यय में शासकीय तथा ग्राम पंचायत के हिस्से के बारे में भी जानने की पाठक की इच्छा रहती है। समाचार में यह भी बताया जाना चाहिए कि योजना में क्या अवरोध है—तकनीकी या शासकीय ? जैसे किसी राशि, अथवा आवश्यक उपकरण की स्वीकृति में विलम्ब आदि। समाचार कथा में

पंचायत के किसी प्रमुख निर्वाचित पदाधिकारी, सामान्य-जन में से किसी का तथा ग्राम या कस्बे में सम्बन्धित शासकीय विभाग के उपलब्ध अधिकारियों के संक्षिप्त साक्षात्कारों से समाचार में अच्छी रोचकता आ सकती है।

विधिवत् निर्वाचित पंचायतों के अतिरिक्त अधिकांश ग्रामों में सामाजिक, या जाति-बिरादरी की पंचायतें भी होती हैं। इनके निर्णय को कोई कानूनी मान्यता तो नहीं होती किन्तु उनकी सामाजिक मान्यता बहुत मजबूत होती है तथा उसका उल्लंघन यदि असम्भव नहीं तो बहुत ही कठिन जरूर होती है। अनेक नगरों में भी जाति या बिरादरी पंचायतें होती हैं।

कुछ वर्ष पूर्व बस्तर जिले के कस्बे में एक धनी परिवार के एक युवक ने अपनी ही जाति (गैर आदिवासी) की एक लड़की से दुर्व्यवहार करने का प्रयास किया। लड़की के निर्धन परिवार के पिता ने अपनी बिरादरी के नेताओं को शिकायत की। बिरादरी की पंचायत की बैठक एक पूजा-स्थल में बुलाई गई। जातीय या बिरादरी पंचायत में उस जाति या बिरादरी के सभी नागरिक रहते हैं तथा उन्हीं में से पदाधिकारी चुने जाते हैं। इन चुनावों में बहुत धूमधाम नहीं होती। पूजा-स्थल पर चली लम्बी बैठक ने निर्णय दिया कि उक्त युवक तथा उसका पिता क्रमशः लड़की तथा उसके पिता की चप्पलें धर्म-स्थल से ले जाकर उनके घर तक पहुँचाए तथा बैठक में उपस्थित सभी व्यक्ति उनके साथ जाएँ। निर्णय पर अमल तत्काल हुआ।

जातीय तथा बिरादरी-पंचायतों के निर्णय कभी-कभी विधि-व्यवस्था का उल्लंघन भी करते हैं। यह बता देना अत्यन्त आवश्यक है कि पंचायतों के समाचार प्रकाशित करने का यह अर्थ न लगाया जाए कि सम्बन्धित संवाददाता उक्त निर्णय का समर्थन करता है। संवाददाता दर्पण-सा होता है जिसमें जिसकी जैसी आकृति होती है, वैसी ही दिखती है। जाति या बिरादरी पंचायत के समाचारों के संकलन तथा प्रकाशन का भी यह अर्थ नहीं लगाया जाना चाहिए कि संवाददाता जातिवाद या बिरादरीवाद का

समर्थक या विरोधी है। उसका उद्‌देश्य तो यही रहता है कि वह वास्तविक तथ्य जैसे भी हों उन्हें प्रकाशित करे। निष्कर्ष पाठक स्वयं निकालते हैं जिनमें सम्पादकीय टिप्पणियाँ उनकी सहायक होती हैं।

इन पंचायतों द्वारा कभी-कभी दहेज, मृत्यु-भोज, विवाहोत्सव आदि में सादगी आदि के जो निर्णय लिये जाते हैं वे भी संवाददाता के लिए अच्छे समाचार होते हैं। प्रारम्भ में जब सामुदायिक विकास योजना प्रारम्भ हुई थी, तब ग्राम पंचायतों का विधिवत् गठन नहीं हुआ था। किन्तु ग्रामों तथा कस्बों में लोग एकत्रित होते थे। इन बैठकों में ग्रामीण जनता द्वारा निर्णय लिया जाता था कि ग्राम में सार्वजनिक सड़क, तालाब, शाला, भवन या अन्य किसी ग्राम विकास कार्य में समस्त ग्रामीण अपना सहयोग देंगे। यह सहयोग श्रमदान के रूप में दिया जाता था।

अब श्रमदान की जगह सार्वजनिक विकास के लिए आर्थिक सहायता, भूमि, भवन, शाला, चिकित्सालय आदि के लिए सामग्री के रूप में व्यक्तिगत तथा सामूहिक आधार पर सहयोग दिया जाता है। आंचलिक संवाददाता के लिए यह भी समाचार के विषय रहते हैं।

8

ग्रामीण जीवन में अन्धविश्वास

यों तो अन्धविश्वास सर्वत्र होते हैं किन्तु ग्रामीण जीवन में उनका पुट कुछ अधिक ही रहता है। आदिवासी ग्रामों में तो वे बहुत ही छाये हुए हैं। ग्रामों में भूत-प्रेत, जादू-टोना, टोटका आदि के बारे में तरह-तरह की बातें प्रचलित रहती हैं। प्रायः किसी ग्राम में किसी पुरुष-महिला या बच्चे के गम्भीर रूप से बीमार पड़ने पर या मृत्यु होने पर किसी व्यक्ति अथवा महिला पर सन्देह किया जाता है कि उसने कुछ जादू-मन्तर या टोना-टोटका कर दिया। ग्राम के लोग एक साथ बैठते हैं तथा वहाँ उस व्यक्ति के विषय में विचार-विमर्श किया जाता है, जिस पर सन्देह किया गया हो। उक्त व्यक्ति को ग्राम के बाहर निकाला जाता है अथवा उसे ग्राम के समस्त लोगों को भोजन

करवाना पड़ता है अथवा पीड़ित परिवार को क्षतिपूर्ति के रूप में कुछ निश्चित राशि देनी पड़ती है। दंडित व्यक्ति यह दंड नहीं मानता तो उसे सामाजिक बहिष्कार का सामना करना पड़ता है।

ग्रामीण संवाददाता के लिए यह आवश्यक रहता है कि वह ऐसे समाचारों को अवश्य दे। कुछ क्षेत्रों का मत है कि समाचार-पत्रों को ऐसे समाचार नहीं देने चाहिए किन्तु संवाददाता के लिए यह अत्यन्त आवश्यक रहता है कि वह ऐसे समाचार अवश्य देवें। ग्रामीणों द्वारा सन्देह के आधार पर ही किसी व्यक्ति को किसी भी प्रकार दंडित करना सर्वथा अवैध होता है। कई बार ऐसा भी हुआ है कि संवाददाता के समाचार के आधार पर अवैध रूप से दंडित करनेवाले व्यक्तियों के विरुद्ध शासन द्वारा कानूनी कार्यवाही की गई है।

इस तरह की घटनाएँ अन्धविश्वास पर ही आधारित रहती है। बैगा, गुनिया, ओझा, तान्त्रिक जैसे अपने निहित स्वार्थ लाभ के लिए इन अन्धविश्वासों को जीवित रखते हैं। कई बार जादू-मन्तर, टोना-टोटका आदि से पीड़ित व्यक्तियों की तान्त्रिक चिकित्सा के नाम पर वे पीड़ित व्यक्ति के परिवार से काफी नकद राशि वसूल कर लेते हैं। संवाददाता यदि इनकी असलियत का पर्दाफाश नहीं करेगा तो कौन करेगा ?

इन अन्धविश्वासों के कारण ग्रामों तथा कस्बों में संक्रामक रोग फैलने पर बड़ी कठिन स्थिति हो जाती है। क्योंकि बैगा, ओझा आदि दावा करते हैं कि यह विपत्ति उनके द्वारा ही शान्त की जा सकती है न कि दवाइयों से। प्रायः डॉक्टरी अथवा आयुर्वेदिक अथवा किसी अन्य चिकित्सा से परहेज और जादू-मन्तर आदि का सहारा लेने के कारण काफी संख्या में पीड़ित व्यक्ति मृत्यु के ग्रास भी बन जाते हैं।

ग्रामों में अच्छी फसल के लिए अथवा किसी संक्रामक रोग से बचने के लिए बैगा, ओझा आदि के जोर देने पर कभी-कभी नर बलि दी जाती है। ग्रामीण तथा कस्बाई संवाददाता एक प्रकार से अपने क्षेत्र के लोगों के अभिभावक रहते हैं। ग्रामों तथा कस्बों की सीधी-सादी जनता में अन्धविश्वास पनपाकर लूटनेवाले निहित स्वार्थी तत्त्वों पर समाचार-पत्रों में

कठोर प्रहार करना उनका कर्तव्य होता है। ऐसी एक घटना का पर्दाफाश कर कितनी ही जगह के जन-साधारण को सतर्क करते हैं।

संक्रामक रोगों आदि की चिकित्सा तन्त्र-मन्त्र से करना तो अन्धविश्वास होता है किन्तु जड़ी-बूटियों से रोगों की चिकित्सा की भी ग्रामीण चिकित्सा पद्धति रहती है। केन्द्रीय स्वास्थ्य मन्त्री एक बार बस्तर जिले की यात्रा पर गए थे। वहाँ एक आदिवासी ग्राम के आदिवासियों ने उन्हें बताया कि वे एक जड़ी का उपयोग कर बच्चों की संख्या नियन्त्रित करते हैं। भाँति-भाँति की चोटों, शारीरिक दर्द, ज्वर, आदि के लिए आदिवासी जड़ी-बूटियों का उपयोग सफलतापूर्वक करते हैं।

आंचलिक संवाददाता पर यह उत्तरदायित्व रहता है कि वह स्वयं यह निर्धारित करे कि इसमें क्या अन्धविश्वास है तथा क्या प्रमाणिक है। ढोंगी बैगा आदि द्वारा जादू-मन्तर के नाम पर दी गई जड़ी-बूटियों की कोई प्रामाणिकता प्रायः नहीं रहती। इसके विपरीत जिन जड़ी-बूटियों, पत्तियों आदि का उपयोग आदिवासी स्वयं परम्परागत ढंग से करते हैं, वे अक्सर प्रामाणिक होती हैं, भले ही उनका वैज्ञानिक विश्लेषण हुआ हो या नहीं। आदिवासी इन जड़ी-बूटियों को स्वयं ही जंगलों में खोजते हैं और उनका उपयोग करते हैं।

राज्य एवं केन्द्रीय सरकारों के स्वास्थ्य विभाग तथा चिकित्सा विज्ञान की अनुसंधान संस्थाओं द्वारा कई जड़ी-बूटियों का वैज्ञानिक प्रयोग तथा विश्लेषण कर उन्हें पूर्णतः प्रामाणिक माना है। इसके उपरान्त भी अनेक जड़ी-बूटियों के विषय में आज भी ग्रामों के बाहर लोग कुछ नहीं जानते। ऐसी अपरिचित जड़ी-बूटियों को ग्रामीण संवाददाता समाचार जगत के समक्ष अपने समाचार के माध्यम से प्रस्तुत कर सकता है।

इस विषय से सम्बन्धित समाचार कुछ पंक्तियों का ही न होकर विस्तृत रूप में प्रस्तुत किया जाना चाहिए। इसमें इन तथ्यों का समावेश आवश्यक है कि उक्त जड़ी-बूटी कहाँ पाई जाती है तथा कब से पाई जाती है। उसका उपयोग किन रोगों पर कब से किया जा रहा है ? उपयोग की विधि तथा उसका प्रभाव किस प्रकार रोगी पर पड़ता जाता है तथा उसके

लाभ या हानि का जायजा उनका उपयोग करनेवाले व्यक्तियों से साक्षात्कार के द्वारा लेकर पेश करना चाहिए। यह बताया जाए कि इनके उपयोग से क्या असर हुआ ?

कुछ व्यक्ति ईश्वर के नाम पर धार्मिक अन्धविश्वास पैदा कर अपनी कमाई करते हैं। दुर्ग जिले के एक छोटे से ग्राम भेलवा कूदा के एक युवक ने कुछ वर्ष पूर्व यह दावा किया कि उसे हनुमानजी ने सिद्धि दी है तथा वह भभूत द्वारा किसी भी रोग की चिकित्सा कर सकता है। युवक द्वारा निर्धारित दिन मंगलवार तथा शनिवार को भारी संख्या में लोग युवक के ग्राम भेलवा कूदा आने लगे। युवक द्वारा की गई घोषणा के अनुसार रोगी व्यक्ति एक नारियल, एक किलो गुड़, एक किलो चना तथा सुंगधित अगरबत्ती का एक पैकेट लेकर जाने लगे। प्रत्येक मंगलवार तथा रविवार को हजारों की संख्या में लोग जाते थे तथा युवक को यह वस्तुएँ अर्पित करते थे। युवक एक बड़े पेड़ के नीचे बैठता था तथा वहाँ एक अलाव जलता रहता था। अलाव की भभूत को चमत्कारी बताया जाता था।

छोटे से ग्राम में हजारों की संख्या में लोगों के आने से गाँव का पानी दूषित होने लगा। निकटवर्ती कस्बों तथा बड़े गाँवों के कुछ आंचलिक संवाददाताओं ने भेलवा कूदा की यात्रा की। पहले तो कथित सिद्धि प्राप्त उक्त युवक ने संवाददाताओं से चर्चा करने में आनाकानी की। बहुत जोर डालने पर उसने एक ही वाक्य कहा, 'जिसे धर्म तथा भगवान पर विश्वास है उसे भभूत से लाभ हो रहा है।'

संवाददाताओं ने वहाँ आनेवाले दर्जनों रोगियों से चर्चा की तो उन्होंने स्वीकार किया कि गत पाँच-छह सप्ताहों से वे आ रहे हैं किन्तु उन्हें कोई लाभ नहीं हो रहा है। उन्हें हर बार युवक तथा उनके चेले विश्वास दिलाते हैं कि लाभ तो पूर्ण निदान के रूप में होगा। संवाददाताओं ने देखा कि कुछ दुकानदारों ने स्थल पर ही नारियल, गुड़, चना तथा अगरबत्ती की दुकानें लगा ली थीं जिन पर ग्राहकों की भीड़ सदैव लगी रहती थी।

उक्त सिद्धि प्राप्त युवक तथा उसके चेले उसी दिन चम्पत हो गए। क्योंकि वे समझ गए कि उनका खेल खत्म हो गया है। यह तथ्य भी स्पष्ट

हो गया कि चमत्कारी भभूत का पूरा षड्यन्त्र उक्त युवक, व्यापारियों, कुछ मेटाडोर चालकों तथा ग्रामीण थाने के कुछ कर्मचारियों ने बनाया था। बिना लाइसेंस के मेटाडोर तथा अन्य गाड़ियाँ चलती थीं तथा वे भारी कमाई करते थे। युवक को अर्पित नारियल, गुड़, चना तथा अगरबत्ती आदि को व्यापारी सस्ती कीमतों पर खरीद लेते और बाद में इन्हीं वस्तुओं को रोगियों को अधिक मूल्य पर बेचते थे।

आंचलिक संवाददाताओं के समाचार ने प्रति सप्ताह मंगलवार तथा शनिवार को होनेवाली चालीस से पचास हजार की यह लूट समाप्त कर दी। उस छोटे से ग्राम के जल में प्रदूषण का थोड़ा प्रभाव प्रारम्भ हो गया था किन्तु यदि आंचलिक संवाददाता यदि इस पूरे षड्यन्त्र का पर्दाफाश नहीं करते, तो वहाँ कोई संक्रामक रोग फैल जाता और भारी मात्रा में लोग अकाल मौत के शिकार होते।

9

मानवीय पक्ष

अगस्त, 91 में इन्द्रावती नदी की बाढ़ में एक ग्राम के पास एक नाव उलट गई जिसमें 16 स्त्री-पुरुष सवार थे। किनारे पर खड़े दो आदिवासी युवकों ने यह देखा तथा अपने प्राणों को खतरे में डाल वे नदी में कूद गए। घटना शाम के समय हुई थी, जब अँधेरा हो चुका था। भारी वर्षा हो रही थी। दोनों युवकों ने जान पर खेलकर किसी तरह 16 सवारियों को सुरक्षित निकाल लिया।

इस घटना में दोनों साहसी आदिवासी युवकों के विषय में कुछ विस्तृत समाचार देना आवश्यक हो जाता है। इस विषय में समाचार-पत्रों में जो समाचार प्रकाशित हुए, उनमें इस बात का कोई संकेत नहीं था कि वे दोनों

युवक विवाहित थे अथवा नहीं तथा उनके परिवार में उनके आश्रित कितने थे ? उनकी आर्थिक स्थिति कैसी थी ? अर्थात् वे कहीं नौकरी करते हैं या छोटा-मोटा कोई रोजगार करते हैं ? उक्त समाचारों में इस तथ्य पर ज्यादा जोर दिया गया था कि जिलाधिकारियों ने दोनों में प्रत्येक को 25000/- रुपए का नकद पुरस्कार प्रदान किया है तथा राष्ट्रपति पुरस्कार के लिए उनके नाम प्रेषित किए हैं।

ग्राम के जन-जीवन में ऐसी अनेक घटनाएँ होती रहती हैं जिनमें सम्बन्धित व्यक्ति की किसी असाधारण कार्य के लिए प्रशंसा आवश्यक होती है। कभी ऐसी घटनाएँ भी प्रकाश में आती हैं जब कोई बेसहारा वृद्ध महिला अपने लिए स्वर्गीय पति द्वारा छोड़ी गई भूमि गाँव के किसी जनहित के कार्य के लिए दे देती है। उक्त विधवा स्वयं दैनिक मजदूरी करके अथवा सब्जी-भाजी बेचकर अपना जीवन निर्वाह करती है। ऐसी महिला पर विस्तृत समाचार-कथा की अपेक्षा पाठक करते ही हैं।

आजकल देश के अधिकांश ग्रामों में राष्ट्रीय तथा अन्तर्राष्ट्रीय स्तर के संगठनों से जुड़े हुए सेवा संगठन कार्य कर रहे हैं। ग्रामों में पेड़ों की कटाई, कारखानों की स्थापना आदि का विरोध पर्यावरण के नाम पर किया जाता है। मध्य-प्रदेश तथा गुजरात में नर्मदा बचाओ आन्दोलन नर्मदा नदी के क्षेत्र के गाँव-गाँव में फैला हुआ है।

इस तरह के आन्दोलन प्रायः ग्रामों में तथा कस्बों में ही चलते हैं। ये आन्दोलन ग्रामों के जनजीवन को काफी प्रभावित करते हैं। इन आन्दोलनों के समाचार संकलित करते समय ग्रामीण तथा कस्बे के संवाददाता के लिए बहुत ही सतर्कता आवश्यक रहती है।

इन आन्दोलनों के समाचार लेने विशेष अवसरों पर देशी-विदेशी बड़े समाचार-पत्रों के विशेष संवाददाता भी स्थल पर आते हैं, किन्तु इनके रोजमर्रा के समाचार सम्बन्धित ग्राम अथवा कस्बे के संवाददाता को ही देने पड़ते हैं। उनके समाचार ऐसे आन्दोलन को उसके वास्तविक रूप में प्रस्तुत कर सकते हैं।

आंचलिक संवाददाता के लिए यह आवश्यक रहता है कि वह अपने

अंचल में चलने वाले उक्त आन्दोलन के गुण-दोष विस्तृत रूप से समझे। पर्यावरण तथा औद्योगीकरण दोनों ही देश के लिए आवश्यक हैं।

आन्दोलन करनेवाली स्वयंसेवी संस्थाओं के विषय में यह जानकारी जुटाना आवश्यक रहता है कि आन्दोलन का उद्‌देश्य वास्तव में पर्यावरण की रक्षा है अथवा किसी राजनीतिक उद्‌देश्य की प्राप्ति है अथवा केवल सत्ता पक्ष के लिए कठिनाइयाँ उपस्थित करना उनका लक्ष्य है ?

यह तथ्य जानना भी अत्यन्त आवश्यक है कि उक्त आन्दोलन के पीछे किसी विदेशी संस्था का हाथ या मदद तो नहीं है। यदि है तो वह शासन की जानकारी में है अथवा नहीं ? ऐसे आन्दोलनों के विषय में ग्रामीण तथा आंचलिक संवाददाताओं के छोटे से समाचारों को पढ़कर बड़े पत्रों के विशेष संवाददाता आकर विस्तृत तथा पूर्ण रपट बनाते हैं। यह ठीक है किन्तु यदि आंचलिक संवाददाता थोड़ी सतर्कता रखें तो वे स्वयं भी विस्तृत समाचार बना सकते हैं।

उदाहरण के लिए ग्राम 'क' में वहाँ के लगभग दो हेक्टर भूमि पर फैले वन की कटाई करके एक कारखाना बनाने का प्रस्ताव है। कारखाने की चिमनियों से धुआँ निकलना भी निश्चित है।

संवाददाता के लिए यह आवश्यक रहता है कि यदि यह प्रस्तावित कारखाना विवाद का विषय बनता है तो उसकी गहराई तक जाँच हो। सम्भव है कि ग्राम या कस्बे में सभी तथ्य प्राप्त नहीं होते, किन्तु जितने अधिक से अधिक तथ्य प्राप्त हो सकते हों उन्हें वह प्राप्त करे तथा समाचार सम्पादक को यह सूचित कर दे कि यदि वह आवश्यक समझें तो उच्चाधिकारियों से और भी तथ्य प्राप्त कर लें।

सम्बन्धित ग्राम तथा कस्बे के संवाददाता को स्थल पर उपलब्ध विभिन्न पक्षों से कुछ आवश्यक तथ्य तो प्राप्त कर लेना चाहिए। ऐसे विषयों में संवाददाता के लिए अधिक से अधिक सम्बन्धित व्यक्तियों से चर्चा करना समाचार बनाने में लाभप्रद होता है।

यदि कारखाने का विरोध हो रहा है तो आन्दोलनकारियों के स्थानीय नेताओं से यह तथ्य प्राप्त किए जा सकते हैं कि विरोध का असली कारण

क्या है ? उससे ग्राम का पर्यावरण तथा ग्रामीणों के सामाजिक एवं आर्थिक जीवन पर, स्वास्थ्य पर, जन-जीवन आदि पर क्या प्रभाव पड़ेगा ? आन्दोलन का स्वरूप क्या होगा तथा आन्दोलन के पीछे कौन-सी संस्था है तथा क्या उसे किसी विदेशी संगठन का समर्थन अथवा सहायता प्राप्त है ?

क्या उसका किसी राजनीतिक दल से सम्बन्ध है ?

कारखाने का जो भी अधिकारी वहाँ हो, उससे कारखाने के पक्ष की जानकारी प्राप्त कर लेनी चाहिए। कारखाने के लिए दो हैक्टर पर लगे वन की कटाई से होनेवाले पर्यावरण की क्षति की पूर्ति के लिए कारखाने की क्या योजना है ? किस क्षेत्र में वैकल्पिक वन रोपण का प्रस्ताव है ? कारखाने की चिमनियों से निकलने वाले धुएँ से होनेवाले प्रदूषण से ग्रामवासियों की सुरक्षा के लिए क्या प्रस्ताव है ? इस दिशा में किस तकनीक का उपयोग किया जा रहा है ? कारखाने में स्थानीय युवकों के रोजगार का क्या प्रस्ताव है ? कारखाने की विभिन्न सेवाओं, शिक्षा, स्वास्थ्य आदि का कितना लाभ ग्रामीणों को मिलेगा ? कारखाने की स्थापना का ग्राम के सामाजिक तथा आर्थिक जीवन पर और सामान्य जन-जीवन पर क्या प्रभाव पड़ेगा ? क्या कारखाने के व्यवस्थापकों की कोई योजना ग्रामवालों को कुछ अन्य सुविधाएँ देने की है—जैसे सड़क, पीने का पानी, आदि ?

स्थल पर जो शासन के अधिकारी उपलब्ध हों उनसे शासकीय पक्ष की पूरी जानकारी प्राप्त कर लेनी चाहिए। क्या कारखाने को आवश्यक स्वीकृति प्राप्त हो चुकी है तथा कारखाने द्वारा सभी आवश्यक औपचारिकताएँ पूर्ण कर ली गई हैं ? पर्यावरण, प्रदूषण, स्थानीय रोजगार और ग्रामीणों के हितों के लिए शासन के क्या प्रस्ताव हैं ? आदि।

आंचलिक संवाददाता के लिए यह आवश्यक रहता है कि वह दृष्टि रखे कि किसी भी कार्यक्रम का जन-जीवन पर क्या प्रभाव पड़ेगा ? इसका उसे ध्यान रखकर अपने समाचार देना चाहिए। कुछ वर्ष पूर्व बस्तर जिले

में चीड़ के वृक्ष लगाने का एक वृहद कार्यक्रम चलाया जानेवाला था। इस कार्यक्रम को विदेशी सहायता भी प्राप्त होनेवाली थी। यह दावा किया गया था कि इससे बस्तर के आदिवासियों की बहुत ही सामाजिक तथा आर्थिक उन्नति होगी और जिले का भी विकास होगा।

इसी बीच अनेक समाजशास्त्रियों, विशेषज्ञों तथा प्रमुख व्यक्तियों द्वारा यह शंका उठाई गई कि इस योजना से बस्तर रेगिस्तान बन जाएगा। क्योंकि चीड़ के वृक्ष बहुत ही अधिक मात्रा में जल भी खींचते हैं। हरा-भरा बस्तर सूख जाने पर आदिवासियों के लिए वह एक जबर्दस्त अभिशाप बन जाएगा। बस्तर के आदिवासियों में भी इस शंका के कारण व्याकुलता फैल गई तथा वे इस योजना के विरोधी हो गए।

बस्तर जिले के ग्रामों तथा कस्बे में फैले संवाददाताओं ने आदिवासियों की वास्तविक भावना पर तथ्यपूर्ण समाचार प्रेषित किए। काफी समय तक आंचलिक पत्रों में चीड़ वृक्षारोपण के विरुद्ध एक आन्दोलन जैसा चल गया। आंचलिक संवाददाताओं के इस अभियान ने अपना रंग दिखाया। इस अभियान की ओर राज्य तथा केन्द्रीय सरकारों का भी ध्यान गया।

योजना की स्वीकृति काफी ऊँचे स्तर पर की गई थी। यह भी दावा किया गया कि योजना पर स्वीकृति देने के पूर्व उसके सभी पक्षों पर विस्तारपूर्वक विचार किया गया था।

छत्तीसगढ़ के आंचलिक समाचार-पत्रों, दैनिकों तथा साप्ताहिकों के बस्तर तथा अन्य स्थानों के संवाददाताओं ने इस चीड़ वृक्षारोपण विरोधी अभियान को बहुत मजबूती दी। बस्तर के संवाददाता अपने समाचारों में बस्तर पर योजना से पड़नेवाले प्रभावों तथा आदिवासियों की व्याकुलता का वर्णन करते थे।

छत्तीसगढ़ के अन्य स्थानों के आंचलिक संवाददाता अपने समाचारों में यह बताते थे कि यदि योजना से बस्तर की तबाही होगी तो उसका क्या प्रतिकूल परिणाम छत्तीसगढ़ की आर्थिक स्थिति तथा अन्य स्थानों पर पड़ेगा।

भारत सरकार द्वारा अन्तिम रूप से योजना को समाप्त कर दिया

गया। आंचलिक संवाददाताओं ने इस विषय में सबल जनमत बनाने में अच्छी सफलता प्राप्त की थी जिससे यह योजना समाप्त कर दी गई।

वैसे समाचार संकलन करने तथा उसे प्रेषित करने में संवाददाताओं में समान प्रतिस्पर्धा अच्छी रहती है। इसके पश्चात् भी कभी-कभी यह भी उचित होता है कि किसी बड़े प्रकरण के समाचार की प्राप्ति के लिए मिलकर एक टीम के रूप में कार्य करें। टीम के रूप में कार्य करना उपयोगी होता है, क्योंकि व्यक्तिगत तौर पर तो काम की सीमा होती है तथा साधन भी सीमित रहते हैं किन्तु सम्मिलित रूप से कार्य करने पर कार्य की सीमा तथा साधन बहुत बढ़ जाते हैं।

रायपुर जिले के महासमुन्द अनुविभाग में एक बाँध है—कोडार बाँध। इसे वीर नारायण सिंह बाँध भी कहा जाता है। इसके लिए भूमि अर्जन में काफी गोलमाल हुआ। मकान, भूमि, पेड़ आदि की क्षतिपूर्ति निर्धारित करने में व्यापक भ्रष्टाचार हुआ। कच्चे मकानों को पक्का माना गया। एक ही प्रकार के एक से अधिक प्रवेश द्वार होने पर उसे एक से अधिक मकान माना गया। जिन वृक्षों का अस्तित्व नहीं है, उनका अस्तित्व मानकर उनकी क्षतिपूर्ति की गई। सार्वजनिक तथा शासकीय भूमि, शाला, भवन आदि को व्यक्तिगत सम्पत्ति मानकर उसकी क्षतिपूर्ति भी की गई।

कुछ भनक मिलने पर महासमुन्द पत्रकार संघ द्वारा अपने सदस्यों की एक टीम बनाई गई थी, जिसमें रायपुर तथा छत्तीसगढ़ के सभी आंचलिक पत्रों के महासमुन्द स्थित संवाददाता सम्मिलित किए गए। इन संवाददाता-टीम ने समस्त प्रभावित क्षेत्र का दौरा किया। यह कार्य बड़ी तत्परता से किया गया, क्योंकि बाँध के क्षेत्र में जल भर जाने के पश्चात् कोई भी प्रमाण ही नहीं बचता।

टीम के सदस्यों ने अधिक से अधिक व्यक्तियों से चर्चा की। जिनमें गाँव-गाँव के प्रभावित व्यक्ति, घपलेबाजी द्वारा क्षतिपूर्ति प्राप्त व्यक्ति, अन्य ग्रामीण, क्षतिपूर्ति कांड उठानेवाले ग्रामीण नेता, स्थानीय अधिकारी आदि थे। टीम अपने साथ फोटोग्राफर भी ले गई थी। टीम द्वारा कोडार कांड का लगातार समाचारों द्वारा भंडाफोड़ कर जबर्दस्त जनमत तैयार

किया गया। मामला विधानसभा में उठाया गया तथा राज्य/केन्द्रीय सरकारों को शिकायतें भेजी गईं।

राज्य सरकार द्वारा पूरे कांड की सचिव स्तर की जाँच करवाई गई। सचिव महोदय ने अपनी जाँच में बताया कि पूरा घपला लगभग एक करोड़ रुपयों का है। राजस्व, सिंचाई तथा सांख्यिकी विभाग के अनेक अधिकारियों पर जिम्मेदारी डालते हुए सचिव महोदय ने स्पष्ट शब्दों में कहा कि यदि समाचार-पत्रों में प्रकाशित घपला सम्बन्धी समाचारों पर ध्यान दे तत्काल कार्यवाही नहीं की गई होती तो इतनी अधिक शासकीय राशि की हेरा-फेरी पकड़ी नहीं जाती।

राज्य सरकार के निर्देश पर आर्थिक अनुसंधान अन्वेषण ब्यूरो द्वारा 15 अधिकारियों पर अपराधिक मामले न्यायालय में चलाए गए हैं जो आज भी चल रहे हैं।

10

प्रशिक्षण एवं सन्दर्भ

आंचलिक पत्रों के ग्रामीण तथा कस्बाई संवाददाताओं के लिए अभी तक किसी भी प्रकार के प्रशिक्षण की कोई व्यवस्था नहीं है। कुछ समाचार-पत्रों द्वारा कभी-कभार अपने संवाददाताओं की बैठक बुलवाकर अथवा निर्देश-पत्र भेजकर इस दिशा में कुछ प्रयास किए जाते हैं, किन्तु यह बड़े ही सीमित आधार पर होता है। आंचलिक संवाददाता के लिए कभी-कभी संवाद प्रेषण में कुछ ऐसी बातें रहती हैं, जिनका पालन वे सरलतापूर्वक स्वयं ही कर सकते हैं।

प्रथम प्रश्न है भाषा का। भाषा तथा निबन्ध लेखन में काफी अन्तर होता है। समाचार लेखन में सरल से सरल भाषा का उपयोग किया जाना

चाहिए। सीधे शब्दों में आम लोगों की बोलचाल की भाषा का उपयोग किया जाना चाहिए। समाचार का प्रत्येक शब्द ऐसा हो कि पढ़ते ही वह स्पष्ट समझ में आ सके। समझने के लिए पाठक को न अपना दिमाग ज्यादा दौड़ाना पड़े और न शब्द-कोष की सहायता लेनी पड़े।

आंचलिक पत्रों के पाठकों में ग्रामों तथा कस्बों के संवाददाताओं की संख्या काफी रहती है। यह पत्र सुदूर ग्रामों में भी पहुँचते हैं जहाँ अभी भी शिक्षा का उतना प्रचार नहीं हुआ है, जितना नगरों में हुआ है। ग्रामों में अभी ऐसे लोगों की संख्या कम नहीं है जो केवल साक्षर मात्र हैं। अनेक प्रौढ़ साक्षरता कार्यक्रम में ही साक्षर हुए लोग रहते हैं।

आंचलिक समाचार-पत्र के न केवल ग्रामीण तथा कस्बाई संवाददाताओं के लिए किन्तु सम्बन्धित समस्त पत्रकारों के लिए यह आवश्यक रहता है कि वे सदैव इन बातों का ध्यान रखें कि उन्हें अपना समाचार-पत्र सबसे कम पढ़े-लिखे व्यक्ति तक भी पहुँचाना है। इस दृष्टि से बोलचाल की भाषा तथा अधिकाधिक प्रचलित शब्दों का ही उपयोग आवश्यक है।

अन्य भाषाओं के जो शब्द जन-जीवन में व्यापक रूप से प्रचलित रहते हैं, उनका भी उपयोग तब किया जाना चाहिए जब समाचार-पत्र की भाषा में जन-जीवन में उतने ही व्यापक तौर पर प्रचलित (समानार्थी) शब्द उपलब्ध नहीं हों।

आदिवासी शब्द की जगह वनवासी तथा गिरिजन शब्दों का भी प्रयोग किया जाता है किन्तु जन-जीवन में आदिवासी शब्द ही अधिक व्यापक रूप से प्रचलित है। इसी प्रकार महात्मा गांधी द्वारा दिया गया शब्द 'हरिजन' समूचे भारत के जन-जीवन में इतना अधिक प्रचलित हो गया है कि दूसरा कोई शब्द उसका स्थान आसानी से नहीं ले सकता।

समाचार की आत्मा होते हैं उसके तथ्य। उसका सामान्य पाठक आजकल जीवन की गतिविधियों में अत्यधिक व्यस्त रहता है। वह समाचारों में अधिक-से-अधिक जानकारी कम-से-कम स्थान में पढ़ना चाहता है। छोटे एवं तथ्य पूर्ण समाचार उसे अधिक पसन्द आते हैं। समाचारों में वह भाषा का चमत्कार नहीं देखना चाहता। किसी भी घटना

का समाचार पढ़ते समय पाठक कुछ मुख्य तत्त्व जानना चाहता है—कहाँ, क्या, कब, कैसे, क्योंकि।

'अ' नामक ग्राम में एक युवती अपने परिवार की कलह या विवाद से तंग आकर कीटनाशक दवा पीकर आत्महत्या कर लेती है। पुलिस उसके पति, सास तथा ससुर को गिरफ्तार कर लेती है। इस घटना का समाचार पढ़ते समय पाठक यह भी जानना चाहेगा कि ग्राम 'अ' की इस युवती की आयु कितनी थी ? किस दिन तथा किस समय घटना घटी ? घटना कैसे घटी ? युवती की कितनी सन्तानें हैं ? आदि।

पाठक घटना का कारण भी जानना चाहता है। जैसे मान लीजिए दहेज की कम राशि को लेकर परिवार में चले विवादों से त्रस्त होकर युवती विवाह के तीन वर्ष बाद आत्महत्या कर लेती है तो समाचार में वह सब लिखना आवश्यक है जिससे कि घटना से सम्बन्धित सभी तथ्य आ जाएँ। ऐसी घटना का समाचार कुछ इस प्रकार होना चाहिए—

> **ग्राम 'अ' 20 अगस्त;** आज सबेरे तीन वर्ष पूर्व विवाहित श्रीमती 'क' ने कीटनाशक दवाई पीकर आत्महत्या कर ली। युवती अपने साथ विवाह में कम राशि लाने के कारण अपने पति, सास तथा ससुर द्वारा किए जा रहे नित्य के विवाद से त्रस्त थी। एक वर्षीय कन्या की माँ श्रीमती 'क' की मृत्यु किसी भी किस्म की चिकित्सा होने से पूर्व ही हो गई।
>
> पुलिस ने युवती के अधिवक्ता पति एवं उसके माता-पिता को गिरफ्तार कर एक वर्षीय सन्तान की देख-रेख की जिम्मेदारी मृतका की बहिन को सौंपी है।

पाठक यह नहीं चाहेगा कि इस समाचार में ही दहेज से होनेवाली हानि पर एक विस्तृत टिप्पणी पढ़े।

ट्रेन या बस दुर्घटना, डकैती, हत्या, आमसभा आदि घटनाओं के समाचार में भी पाठक अधिक-से-अधिक तथ्य जानना चाहेगा; जैसे घटना का समय। यदि किसी नेता का भाषण था तो कब व किस समय हुआ ? यदि सभा गर्मी के मौसम में हुई तो क्या धूप तेज एवं कष्टदायक थी ?

श्रोताओं की संख्या अन्दाजन कितनी थी ? सभा कड़ी धूप में खुले में हुई या किसी भवन, पंडाल आदि में जहाँ सूर्य की सीधी किरणें श्रोताओं पर नहीं पड़ रही थीं ? वर्षा तथा शीतकाल में होनेवाली सभाओं में भी यह सब तथ्य समाचार का आवश्यक हिस्सा होंगे।

यदि डकैती की घटना है तो पाठक क्यों, कब, कैसे के साथ-साथ यह जानना चाहेगा कि डकैती में क्या गया तथा डकैत सशस्त्र थे या नहीं ? उनके पास आधुनिकतम हथियार थे अथवा तलवार, भाला, फरसा जैसे पुराने पारम्परिक अस्त्र थे।

घटना के विषय में अधिक से अधिक तथ्य समाचार में सम्मिलित करने से समाचार की रोचकता तथा प्रामाणिकता बढ़ जाती है।

11
उपसंहार

आंचलिक संवाददाता के लिए यह भी अत्यन्त आवश्यक है कि वह अधिक-से-अधिक दैनिक तथा साप्ताहिक अखबार पढ़े। प्रायः अधिकांश कस्बों में राष्ट्रीय समाचार-पत्र पहुँचते हैं किन्तु ग्रामों में यह पत्र नहीं पहुँच पाते। ग्रामों तथा कस्बों में पहुँचनेवाले अधिकांश समाचार-पत्र संवाददाता को पढ़ने चाहिए। अखबारों में अपने ग्राम या कस्बे के समाचार पढ़कर उसे यह देखना चाहिए कि एक ही समाचार को विभिन्न पत्रों के संवाददाताओं ने किस प्रकार प्रेषित किया है। इसमें संवाददाता को यह विशेष रूप से देखना चाहिए कि क्या उसके समाचार में कुछ कमी थी ? यदि कमी थी तो क्या थी ? भविष्य में समाचार-प्रेषण में वह इस दृष्टि

से सतर्कता रख सकता है।

आज के संवाददाता को यह एक अच्छा अवसर प्राप्त है कि उसके पास सीखने के लिए बहुत सुविधाएँ उपलब्ध हैं। अधिकांश ग्रामीण तथा कस्बाई संवाददाताओं के लिए सम्भव नहीं रहता कि वे पत्रकारिता में प्रशिक्षण प्राप्त करने के लिए नगरों में विश्वविद्यालयों अथवा महाविद्यालयों द्वारा चलाई गई प्रशिक्षण-कक्षाओं में सम्मिलित हों। कुछ स्थानों में यह होता है कि नगरों के निकट स्थित ग्रामों तथा कस्बों में रहनेवाले कई संवाददाताओं को पत्रकारिता की शिक्षण कक्षाओं का लाभ मिल जाता है।

आजकल अनेक संस्थाओं द्वारा डाक से सामग्री भेजकर पत्रकारिता का प्रशिक्षण दिया जाता है। विश्वविद्यालय तथा महाविद्यालयों द्वारा दिए जानेवाले प्रशिक्षण जैसी प्रामाणिकता निजी रूप से डाक द्वारा दी जानेवाले प्रशिक्षण में नहीं मिल सकती किन्तु निजी तौर पर डाक द्वारा प्रशिक्षण उन्हीं ग्रामीण तथा कस्बाई संवाददाताओं के लिए है जिनके लिए नगरों में जाकर प्रशिक्षण प्राप्त करना व्यावहारिक नहीं है। इसके लिए सम्बन्धित अखबार कुछ प्रयास कर सकते हैं। अपने संवाददाताओं की बैठकें बुलाकर सम्पादकीय विभाग उनके ज्ञान में वृद्धि का प्रयास कर सकता है। इससे संवाददाता की दृष्टि व्यापक होगी और अखबार की अपेक्षा से भी वह अवगत होगा।

यदि विश्वविद्यालयों या महाविद्यालयों द्वारा पत्रकारिता के प्रशिक्षण पर कुछ सामग्री प्रकाशित की गई हो तो उसे प्राप्त करने को सर्वोच्च प्राथमिकता देनी चाहिए। इस दृष्टि से संवाददाता की सजगता जरूरी है।

आंचलिक संवाददाता के लिए पत्रों की फाइल रखना भी बहुत ही हितकर रहता है। जिस दैनिक-पत्र का वह कार्य करता है उसकी फाइल तो उसे रखनी ही चाहिए। यदि संवाददाता प्रमुख समाचारों पर अपने संक्षिप्त विवरण की डायरी रखे तो उसे इससे अपने कार्य में बड़ी सुविधा होगी। अंचल, कस्बे तथा ग्राम की प्रत्येक प्रमुख घटना पर संवाददाताओं को यह तथ्य देना भी आवश्यक है कि क्या ऐसी घटना की कोई पृष्ठभूमि है ? उसका वर्तमान स्वरूप क्या है तथा उसका परिणाम भविष्य में ग्राम

या कस्बे के जन-जीवन या आर्थिक तथा सामाजिक पक्षों पर क्या पड़ेगा ? प्रमुख घटनाएँ कई बार ऐसी होती हैं जो एक छोटे ग्राम में होने के पश्चात् भी समूचे अंचल तथा ग्राम को दहला देती है। इन घटनाओं का समाचार देते समय संवाददाता को अपनी फाइल तथा डायरी से बड़ा लाभ मिलता है। दोबारा या बार-बार होनेवाली घटना के तह में जाने से किसी साजिश या शरारत अथवा सरकारी उपेक्षा का रहस्य खुल सकता है।

आंचलिक संवाददाता अपने ग्राम अथवा कस्बे से बीच-बीच में अपने समाचार-पत्र के प्रकाशन स्थल पर आते हैं। उन्हें वहीं सम्पादकीय विभाग में बैठकर अखबार की कार्यप्रणाली को विशेषतः समाचार-सम्पादन कक्ष को ध्यान तथा सतर्कता से देखना चाहिए। इससे उन्हें यह अनुमान हो जाएगा कि उनके प्रेषित समाचारों का किस प्रकार सम्पादन होता है तथा अत्यधिक व्यस्त समाचार विभाग में कार्य कर रहे पत्रकार समाचारों में क्या चाहते हैं ? इससे संवाददाताओं को समाचार प्रेषण में सहायता मिल सकती है। इससे उन्हें यह भी अनुमान हो जाएगा कि कम-से-कम शब्दों में अधिकाधिक तथ्यों का समाचार कैसे दिया जा सकता है। संवाददाता के आग्रह पर समाचार विभाग के पत्रकार उन्हें समाचारों की सम्पादित कॉपी भी देखने के लिए दे सकते हैं ताकि आंचलिक संवाददाता को अपनी गलतियों का अहसास हो सके।

भारत ग्रामों में बसा हुआ है। शिक्षा एवं जन-जागृति के साथ-साथ लोगों में ज्यादा से ज्यादा जानकारी प्राप्त करने की जिज्ञासा लगातार बढ़ती जा रही है। ग्रामीण अंचलों के बारे में भी बाहर के लोग जानना चाहते हैं। आंचलिक पत्र-पत्रिकाओं की संख्या भी तेजी से बढ़ती जा रही है। इसलिए अब आंचलिक संवाददाता का काम एवं महत्त्व दोनों ही बढ़ गए हैं। यह महत्त्व और बढ़ता जाएगा तथा आंचलिक संवाददाता की भूमिका भी बढ़ती जाएगी। अतः जरूरी है कि आंचलिक संवाददाता भी अपने महत्त्व एवं भूमिका को समझे। अपनी क्षमता बढ़ाने के साथ ही कार्य-शैली में भी निखार लाए। यह प्रयास लगातार चलना चाहिए।

●●●